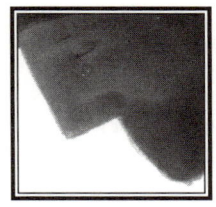

예수님의 벤처기도

조봉희

피터스 하우스(Peter's House)는
21세기 토탈(Total) 문화선교의 대명사입니다.

피터스하우스(베드로서원)의 사역원리

Pastoral Ministry(목회적인 사역)
Educational Ministry(교육적인 사역)
Technological Ministry(과학기술적인 사역)
Evangelical Ministry(복음적인 사역)
Revival Ministry(부흥적인 사역)
Situational Ministry(상황적인 사역)

피터스하우스는 21세기 토탈(종합)문화선교의 대명사입니다.
변화되는 세상 속에서 복음은 변할 수 없습니다.
그러나 복음을 전하는 방법은 달라져야 합니다.
피터스하우스는 시대에 맞는 옷을 입고 '문화'라는 도구로
복음을 전하는 종합문화선교기관입니다.
우리는 예수 그리스도께서 몸버려 피흘리사 그 값으로 교회를 세우신
그 귀한 사역을 계속 이어나가고자 합니다.
그리하여 이 땅 위의 교회들이 반석 위에 굳건히 세워지고
복음이 전파되는 그 귀한 사명을 끝까지 감당해 나갈 것입니다.

예수님의 벤처 기도

초판 1쇄 발행일 2002년 7월 15일

저　자 | 조봉희
발행처 | 베드로서원
발행인 | 한용석

등록번호: 제14-66호 · 등록일자: 1988. 6. 3
서울시 마포구 서교동 353-1 서교타워빌딩 1106호 · 우편번호 121-760
Tel. 02)333-7316 Fax. 02)333-7317
E-mail : peter050@kornet.net

피터스하우스는 기독교문화 창달을 위해 좋은 책 만들기에 힘쓰고 있습니다.
＊ 파본 및 잘못된 책은 바꾸어 드립니다.

ISBN 89 - 7419 - 140 - 7

값 6,000원

미주사역

PETER'S HOUSE (원장 | 한순진)
17150 Norwalk Boulevard, #113, Cerritos, CA 90703
☎ (562)402-0530
Website : www.petershouse.com
E-mail : petershouse@dxnet.com

예수님의 벤처기도 차례

들어가는 말

나는 올해 연초에 멘토이신 이동원 목사님으로부터 '관상기도(contemplative prayer)'를 배웠다. 내 기도생활의 새로운 도약을 가져다 준 큰 축복이었다. 관상기도의 핵심은 나의 생각이나 형편을 고집하는 일차원적 기도에서 탈출하여 하나님의 가슴에 안기는 깊은 기도이다. 그래서 하나님의 마음을 헤아리게 되고 그분의 뜻을 쉽게 따르게 된다. 이것이 진정한 기도의 본질이요, 또한 응답인 것이다. 우리는 기도할수록 "무(nada)"가 되어짐으로 "모든 것(todo)" 되신 하나님으로 채워지는 것이다.

그렇다. 기도는 나의 뜻을 관철시키는 것이 아니라 하나님의 뜻을 수용하는 것이다. 기도는 나의 모든 것을 하나님께 맡기는 것이다. 그래서 기도 자체가 모험이다. 예수님은 기도의 시작부터 종결에 이르기까지 모든 것을 하나님께 맡기는 모험을 거쳤다. 이것이 예수님의 벤처 기도이다.

그래서 예수님은 우선 "마음 비우기" 작업부터 시작하시는데, 이것이 마태복음 5장의 메시지이다. 그리고 6장에서는 모든 것을 먼저 하나님께 맡기는 우선 순위의 기도를 드리기만 하면, 우리가 필요로 하는 그 모든 것을 더해주신다는 확신을 심어 주신다. "너희는 먼저 하나님의 나라와 그의 의를 구하여라. 그리하면 이 모든 것을 너희에게 더하여 주실 것이다."(마 6:33) 원칙중심의 기도는 반드시 응답 받는다는 것이다. 이것이 주기도문의 핵심이요 결론이다.

S. Covey의 명저 '원칙중심의 리더십(Principle Centered Leadership)' 이라는 책 원제가 강조하듯이 예수님의 기도는 언제나 원칙중심적이다. 그렇다. 우리가 얼마나 많은 양의 기도를 하느냐보다 어떤 내용의 기도를 드리느냐가 중요하다. 기도의 양(quantity)보다는 기도의 질(quality)이 우선이다.

세례 요한을 중심으로 구세대 사람들은 기도의 방법론에 치중했으나 예수님은 기도의 질과 내용을 중시하신다. 그래서 주기도문은 우리에게 원칙중심의 벤처 기도를 가르쳐 준다. 기도의 시작부터 종결까지 오직 하나님의 뜻에 맡기며, 오직 그분만을 의지하는 마음부터 정돈하자는 것이다. 그러면 기도는 반드시 응답 받게 된다. 빈 마음의 기도는 반드시 채움을 받는다.

이것이 예수님의 벤처 기도이다. 예수님은 주기도문 서두에서 벤처 신앙의 기도를 강조하시며 십자가상의 마지막 정점의 순간에도 "아버지, 제 영혼을 아버지 손에 맡깁니다."라는 벤처 기도를 드리신 것이다.

여하튼 우리가 주님이 가르쳐 주신 기도(주기도)를 드리다 보면 마음의 여유가 생기고, 하나님의 임재와 자상하신 보살펴심을 느낄 수 있다. 그리고 훨씬 더 큰 응답의 기대와 확신 속으로 들어감을 느끼게 된다.

나는 이번에도 베드로서원의 협력으로 '예수님의 벤처 기도'라는 제목으로 주기도문 강해집을 내면서 어느 무명 용사의 3차원적인 기도 시를 소개하고자 한다.

더 큰 기도 응답

무엇이나 얻을 수 있는 힘을 달라고 하나님께 구했으나

나는 약한 몸으로 태어나 겸손히 복종하는 것을 배웠노라.

큰 일하기 위해 건강을 구했으나 도리어 몸에 병을 얻어 좋은 일을 할 수 있게 되었고

부를 얻어 행복하기를 간구했으나 나는 가난한 자가

예수님의 벤처 기도

됨으로 오히려 지혜를 배웠노라.

한 번 세도를 부려 만인의 찬사를 얻기 원했으나

세력 없는 자가 되어 하나님을 의지하게 되었고

삶을 즐기기 위해 온갖 좋은 것을 다 바랐건만

하나님은 내게 영생을 주사 온갖 것을 다 즐길 수 있게 되었고

내가 바라고 원하는 것을 하나도 받지 못했으되 은연중 나는 바라는 것을 모두 얻었노니

나는 부족하되 내가 간구치 않던 것까지 다 응답됐노라.

나는 만민 중에 서서 가장 풍성한 축복을 입었노라. 아멘.

끝으로 언제나 나의 벤처 목회에 다이나믹한 동반자가 되어 주시는 지구촌교회 모든 교우들께 감사드리며, 이 책의 발행을 위해 편집과 디자인 및 모든 수고를 아끼지 않으신 미주 베드로서원 원장이신 한

순진 목사님과 한국 베드로서원 원장 한영진 장로님, 그리고 직원들께 풍성한 감사를 드린다.

그리고 이 책을 읽으시는 모든 분들이 "침대에서 일찍 일어나는 기도의 사람"이 되시기를 바란다.

2002년 저자가 태어난 계절 7월에
지구촌교회 비전 인큐베이터에서 조봉희

하늘에 계신 우리 아버지!

"그러므로 너희는 이렇게 기도하라
하늘에 계신 우리 아버지여
이름이 거룩히 여김을 받으시오며
나라이 임하옵시며
뜻이 하늘에서 이룬 것같이
땅에서도 이루어지이다
오늘날 우리에게 일용할 양식을 주옵시고
우리가 우리에게 죄 지은 자를
사하여 준 것같이
우리 죄를 사하여 주옵시고
우리를 시험에 들게 하지 마옵시고
다만 악에서 구하옵소서
(나라와 권세와 영광이 아버지께
영원히 있사옵나이다 아멘)"
(마태복음 6:9-13)

'천로역정'의 저자 존 번연은 "당신이 기도한 후에는 당신의 능력보다 더 한 것을 할 수 있지만, 당신이 기도하기 전까지는 당신의 능력보다 더 한 것을 할 수 없다."고 기도의 중요성을 말했다.

그리스도인의 생명은 기도이다. 호흡하지 못한 생명체는 살아남을 수가 없다. 생명체는 호흡기에 조그만 장애가 생겨도 몸부림치며 비틀거린다. 정상적인 호흡이야말로 건강한 생명체를 유지할 수 있다. 정상적인 기도생활은 건강한 신앙생활, 그리고 더 나아가 능력 있는 삶을 살게 한다.

어느 그리스도인은 이런 시를 썼다.

"한 걸음이 당신을 그리 멀리 데려다주는 것은

아니어도 당신은 계속 걸어야 합니다.

한 마디 말로 당신 자신을 다 설명하는 것이

아니어도 당신은 계속 말해야 합니다.

한 인치가 당신을 크게 자라게 하는 것이

아니어도 당신은 계속 자라가야 합니다.
하나의 행동이 모든 것을 이루어 놓는 것은
아니어도 당신은 계속 행해야 합니다."

이 시대 한국교계의 영향력 있는 설교자인 이동원 목사님은 이 시에 한 줄을 덧붙여 기도의 중요성을 이렇게 강조했다.

"단 한 번의 기도가 모든 것을 다 해결하는 것은 아니어도 당신은 기도해야 합니다."

예수님의 개인 생활을 보면 기도생활에 가장 많은 비중을 두셨다. 새벽 미명, 아직 어두울 때에, 한적한 곳에서, 밤이 맞도록, 기적을 행할 때, 큰일을 앞두고, 십자가 수난 앞에서도, 그리고 마지막 운명의 순간까지도 그분은 여전히 기도하셨다. 그분의 사역은 기도로 시작해서 기도로 끝을 맺으신 것이다. 생명력 넘치는 영혼의 호흡, 그것이 예수님의 사역을

지탱케 하였던 것이다.

J. T. Lake는 예수님의 기도생활을 '그는 기도하셨네' 라는 제목으로 이렇게 총정리를 하였다.

그는 사랑의 선교를 시작하기 위해 요단에 서서 기도하셨네(눅 3:21).

그는 위로부터 인도를 구하며 새벽 동트기 전 기도하셨네(막 1:35).

그는 그를 따를 열두 제자를 부르기 전에 밤새 기도하셨네(눅 6:12).

그는 해질녘을 지나 어스름 그림자가 희미하게 드리우는 중에도 기도하셨네(눅 9:18).

그는 사람들의 확신을 위해서도 기도하셨으니, 그로써 믿음이 담대해지게 되었네(눅 9:18).

그는 그의 인격과 그의 목표가 하늘에서 영화롭게 되기까지 기도하셨네(눅 9:29).

그는 심령들이 영감을 받고 은총을 입은 대로 돌아와 기뻐하도록 기도하셨네(눅 10:21).

그는 의심하는 자를 부끄럽게 하시며 죽은 자를 일으키시기까지 눈물로 기도하셨네(요 11:41).

그는 말씀으로 길을 인도하시며 또 기도하는 법을 가르치시며 기도하셨네(눅 11:1).

그는 마음이 민망하여 "내가 무슨 말을 하여야 할까?" 외치며 기도하셨네(요 12:27).

그는 두 번이나 그의 무릎을 꿇고 얼굴을 땅에 대고 기도하셨네(눅 22:41).

그는 되의 치욕을 마시면서 땀이 핏방울처럼 될 때까지 기도하셨네(눅 22:41).

그는 아직 태어나지 않는 자가 모두 자기에게 속하도록 기도하셨네(요 17장).

그는 명령하는 자의 불 곁에서 두려워 떠는 자를 위해 기도하셨네(눅 22:32).

그는 "아버지여 저희를 사하여 주옵소서 자기의

하는 것을 알지 못함이나이다"라고 기도하셨네(눅 23:34).

그는 갈보리의 흑암 가운데서 "오, 아버지여 어디에 계시나이까."라고 기도하셨네(막 15:34).

그는 마침내 평강 중에 그의 머리를 숙이고 마지막 숨을 몰아 쉬면서도 기도하셨네.

"아버지여 내 영혼을 아버지 손에 부탁하나이다"(눅 23:46)

이로써 땅에서의 기도생활은 끝났다네(J. T. Lake).

예수님께서 가르쳐 주신 기도의 본질 중 가장 혁명적인 원리는 하나님을 "아버지"라고 부르며 기도하라는 것이다. 예수님의 기도는 언제나 하나님을 "아버지"라고 부르시고 있는 것을 볼 수 있다. 심지어는 너무나 다정하게 "아바, 아버지"라는 애칭을 사용하신다.

J. Jeremias라는 신학자는 "예수님 당시까지 예수님 외에는 아무도 하나님을 아버지라고 부른 사람이 없었다. 그리고 하나님을 아버지라고 부르도록 가르치거나 교육시킨 사람도 없었다."라고 상기시켜 준다.

이스라엘 사람들은 여호와의 이름을 부르는 것이 두려워서 "엘로힘"이라고 부르던가, 아니면 "아도나이(주님)"라는 이름으로 대칭하였다. 그러나 예수님은 하나님을 가장 친근하게 "하늘에 계신 우리 아버지!"라고 부르셨다. 얼마나 황홀한 표현인가?

마태복음 6장을 자세히 살펴보라. 무려 아홉 번이나 거듭 반복하여 하나님께서 아버지 되심을 주지시켜 주고 있다(1, 4, 6, 8, 14, 15, 18, 26, 32절). 이것은 복음 중의 복음이다. 천지를 창조하신 전능하신 하나님이 우리의 아버지라는 사실은 그분을 믿는 자녀들에게 황홀한 감격을 갖게 한다.

하나님은 우리 아버지이시다. 예수님은 하나님을 "나의 아버지, 곧 너희 아버지"라고 확신시켜 주셨다(요 20:17). 그러면서 예수님은 우리에게 이런 실제적인 기도를 가르쳐 주셨다. 바리새인들처럼 중언부언하는 허공을 치는 기도를 하지 말라는 뜻으로 구체적인 기도를 가르쳐 주셨다.

"그러므로 너희는 이렇게 기도하라 하늘에 계신 우리 아버지여"

얼마나 가슴 벅찬 기도의 출발인가! J. R. Miller라는 신학자는 이 대목을 "기도의 Golden Gate"라고 표현한다. 이것은 곧 기도 응답의 비결이기 때문이다.

하나님이 아버지라면, 우리는 그분의 자녀이다. 따라서 우리의 기도는 반드시 응답받는다. 왜 그럴까?

1. 믿을 수 있는 아버지

기도할 때 가장 기본적인 조건은 "믿음"이다. 믿음 없는 기도는 허공을 향해 독백하는 것과 같다. 그러므로 우리가 기도 응답을 받기 위해서는 반드시 믿음으로 구해야 한다.

예수님께서는 우리로 하여금 하나님 아버지에 대한 절대적인 믿음을 갖게 해주셨다. 하나님은 우리가 100퍼센트 절대적으로 믿을 수 있는 아버지이시다. 예수님께서는 그 어느 누구도 가르치지 않은 "하나님의 아버지 되심"을 주지시켜 주셨다.

아버지는 믿을 수 있는 '신뢰의 대명사'이다. 이것이 마태복음 6장의 대주제이다. 이웃집 아저씨는 믿지 못해도, 우리 집 아버지는 믿을 수 있는 것이다. 참으로 슬픈 것은 이 시대의 많은 사람들이 하나님을 '아버지'로 여기기보다는 지나가는 '아저씨'

보다도 못하게 여긴다는 사실이다. 그러면서 고아와 같이 살아가고 있으며 자신이 고아인지도 모른 채 살아가고 있다. 그러나 하나님을 아버지로 알고, 믿고, 따르는 사람은 복이 있다.

아버지는 신뢰 그 자체이다. 물론 어떤 경우 이 땅의 아버지도 믿지 못할 때가 있다. 그러나 하늘에 계신 아버지는 100퍼센트 믿을 만한 분이시다(마 7:11). 본문은 우리에게 '아버지 되심'에 확신을 주는 말씀의 연속이다.

4절에서는 "상주시는 하나님 아버지"를 바라보게 한다.

6절이나 18절에서는 "갚아주시는 하나님 아버지"를 믿게 한다.

8절에서는 "기도하는 우리의 모든 형편을 다 아시는 아버지"를 묘사하고 있다.

우리들은 하나님 아버지께 드린 기도는 반드시 응답받는다는 사실을 믿어야 한다. 그분은 신뢰할 수

있는 아버지가 되시기 때문이다. 그러므로 기도에 있어서 중요한 것은 양이 아니라 그 질이 중요하다. 믿음의 기도는 역사하는 힘이 크다.

2. 돌보시는 아버지

아버지는 '보호자의 대명사' 이다. 어린 시절, 학교에서 어떤 서류에 도장이나 사인을 받아오라고 할 때 가장 필요한 것은 '보호자의 도장' 이다. 자녀들은 보호자의 관리 아래 있어야 하기 때문이다.

하나님은 나를 보호해 주시는 아버지이시다. 이것이 마태복음 6장의 두 번째 주제이다. 예수님께서는 하나님 아버지의 자상하신 보살피심에 관하여 우리에게 절대적인 확신을 주신다.

저 창공에 그 흔한 참새 한 마리가 땅에 내려와 팔

짝 팔짝 뛰어다니는 것도 하나님이 지켜보고 계신다면, 하물며 우리를 구원하신 하나님 아버지께서 우리들을 얼마나 자상하게 돌보아주실 것인가를 확실히 믿고 기도하라.

한갓 미물에 불과한 참새 한 마리도 하나님의 관심의 대상이 된다면, 예수 그리스도의 보혈로 값 주고 사신바 된 우리들이야말로 얼마나 섬세하게 돌보아주시겠느냐?

저 벌판의 들풀 하나도 계절을 따라 먹이시고 입히시는 하나님이신데, 당신의 자녀 된 우리를 얼마나 구체적으로 먹이시고, 입히시고, 보호해 주실 것이냐?(30-32절)

얼마나 마음을 든든하게 해주는 말씀들인가. 하나님 아버지께서는 우리의 머리카락 하나까지 세시면서 우리를 돌보아주신다(마 10:30). 그러므로 우리는 기도를 시작하는 첫 순간부터 하나님 아버지께서 돌보아주실 줄 믿고 구해야 한다.

"내가 믿고 또 의지함은 내 모든 형편 잘 아는 주님,
늘 돌보아주실 것을 나는 확실히 아네"(찬 410장)

3. 가까이 계시는 아버지

예수님께서는 유대인들이 지금까지 가지고 있었
던 하나님에 대한 개념을 새롭게 정립시켜 주셨다.

"하늘에 계신 우리 아버지여!"

여기서 "하늘"이란 저 멀리 이데아의 세계를 말하
는 것이 아니라 시간과 공간을 초월한 근접성을 뜻
한다. 즉, 멀리 계신 하나님이 아니라 내 곁에 가까
이 계시는 하나님을 말한다.

유대인 랍비 Judah ben Simon은 "우상은 가까
이 있으면서도 멀고, 하나님은 먼 것 같은데도 가까

이 계신 아버지"라고 그가 깨달은 바를 확신시켜 주었다.

아버지는 멀리 계신 것 같아도 언제나 가깝게 느껴진다. 우리가 고향에 계신 아버지를 "아버지" 하고 부를 때 지금 내 곁으로 다가오고 있음을 느낄 수 있다.

D. L. Moody는 "기도는 아버지와 함께 있는 것이다."라고 친근한 표현을 하고 있다. 우리가 진지하게 기도를 하다보면 하나님 아버지와 함께 하고 있음을 느낄 수가 있다. 하나님 아버지는 저 멀리 계시는 추상적이고 형이상학적인 그 어떤 존재가 아니라 바로 내 곁에서 나와 함께 계시는 사랑의 아버지이시다.

예수님께서는 하늘에 계신 하나님을 "아바, 아버지"라고 부르셨다(막 14:36). 영어식으로 표현하자면 Daddy라는 애칭이요, 우리 식으로는 "아빠"라는 다정한 표현이다.

예수님께서 하나님에 대해 "아바, 아버지"라는 이런 다정한 호칭을 쓰신 때는 그가 무서운 십자가 수난을 앞두고 마음이 가장 착잡하고 우울한 순간이었던 겟세마네 기도 동산에서였다. 예수님은 하나님을 "아바, 아버지"라고 너무나 애절하고 다정하게 부르셨던 것이다.

하나님 아버지는 나를 너무나 친밀하게 아시는 사랑의 아버지이시다. 나의 체질을 아시기에 나의 모든 연약함도 다 아신다(시 103:13-14). 그러므로 우리는 기도할 때마다 하나님 아버지를 가깝게 느끼는 영적 체험이 있어야 한다.

사도 바울은 혼자서 외롭게 선교하는 목회자였으나 결코 고독하지 않았다. 그의 가슴 속에서는 언제나 이런 영혼의 노래가 있었다.

"우리는 그 영으로 하나님을 '아바, 아버지' 라고

부릅니다."(롬 8:15)

하나님 아버지는 바로 내 곁에, 내 안에, 내 속에
가까이 계신 사랑의 아버지이시다.

"글로리～아 글로리～아, 아바 아바 아버지～, 아바
아바 아버지"

4. 능력있는 아버지

예수님께서는 기도의 기본 전제 조건으로 하나님
을 절대 신뢰할 것을 가르치셨다. 성경에서의 하늘
은 이 세상을 초월한 능력을 상징하기도 한다. 성경
의 믿음의 영웅들은 "하늘의 하나님"이라는 표현을
자주 사용하였다. 불가능을 가능케 하시며, 없는 것
을 있게 하시며, 무에서 유를 만드시는 능력의 하나
님이시다. 그분이 곧 우리 아버지라는 사실이 얼마
나 뿌듯한가.

예수님께서는 이런 절대적 확신을 심어주셨다.

"사람으로는 할 수 없으되 하나님으로는 그렇지 아니하니 하나님으로서는 다 하실 수 있느니라"(막 10:27)

일찍이 이스라엘 백성들은 시편 115편 3절에서 이렇게 노래하였다.

"우리 하나님은 하늘에 계셔서, 하시고자 하시면 어떤 일이든지 하실 수 있으시다."

우리는 기도할 때마다 전능하신 하나님을 믿고 구해야 한다. 하나님 아버지께는 능치 못할 일이 없으시다. 그러므로 우리는 예배 때마다 사도신경으로 우리의 절대적 신앙을 이렇게 고백하고 있지 않은가.

"전능하사 천지를 만드신 하나님 아버지를 내가 믿사오며…"

Augustine은 "그분은 하나님이시며 또한 우리의

아버지이시다. 그 능력에 있어서는 하나님이시며, 그 선하심에 있어서는 우리의 아버지이시다."라고 해석하였다.

우리는 매일의 삶을 통하여 능력있는 아버지께 기도하는 삶을 살아가야 한다. 그럴 때 우리는 하나님의 능력을 힘입어 능력있는 그리스도인으로서의 삶을 살 수 있다.

5. 우리들의 아버지

예수님은 언제든지 하나님을 "우리 모두의 아버지"라고 가르쳐 주셨다.

"내 아버지 곧 너희의 아버지"라고 가르쳐 주셨다. 우리가 기도할 때 초점이 개인에게 맞추어지기보다는 공동체에게 맞추어져야 하는 이유가 바로 그것이다. 우리는 기도할 때마다 개인적 사심을 위한 일차원적 기도를 하지 말고, 언제나 공동체적 기도를 해야 한다.

주님이 가르쳐 주신 기도에는 처음부터 끝까지 '우리' 라는 공동체를 강조하고 있다.

"하늘에 계신 '우리' 아버지여

'우리' 에게 일용할 양식을 주옵시고

'우리' 가 '우리' 에게 죄 지은 자를…

'우리' 죄를 사하여 주옵시고

'우리' 를 시험에 들게 하지 마옵시고…"

말라기 선지자가 강조하듯이 우리는 "한 아버지" 를 모시고 사는 형제 자매들이다(말 2:10). 그러므로 우리는 언제나 합심하여 기도해야 하고, 서로를 위하여 중보기도를 해야 한다. 서로가 최선을 다하여 함께 기도할 때 하나님은 그 기도를 들으신다.

믿는 사람들끼리 서로 '기도의 팀' 을 이루어 서로를 위하여 최대한 중보기도를 할 수 있다면, 우리는 함께 기적을 일으키는 기적의 공동체를 만들어갈 수 있다.

예수님께서 가르쳐 주신 원형적 기도의 첫 출발은
하나님 아버지를 절대적으로 신뢰하는 믿음이다.
　믿을 수 있는 아버지
　돌보시는 아버지
　가까이 계시는 아버지
　능력있는 아버지
　우리들의 아버지

이런 아버지를 가진 우리는 얼마나 행복한가! 우
리는 모두 행복자들이다. 하늘에 계신 아버지께서는
이 땅에 사는 우리 자녀들의 모든 필요를 다 아신다.
그분은 우리의 필요를 넉넉히 채워 주실 것이다.

당신은 얼마나 거룩한 기도를 드리는가?

"그러므로 너희는 이렇게 기도하라
하늘에 계신 우리 아버지여
이름이 거룩히 여김을 받으시오며
나라이 임하옵시며
뜻이 하늘에서 이룬 것같이
땅에서도 이루어지이다
오늘날 우리에게 일용할 양식을 주옵시고
우리가 우리에게 죄 지은 자를 사하여 준 것같이
우리 죄를 사하여 주옵시고
우리를 시험에 들게 하지 마옵시고
다만 악에서 구하옵소서
(나라와 권세와 영광이 아버지께
영원히 있사옵나이다 아멘)"
(마태복음 6:9-13)

알렉산더 대제 휘하에 알렉산더라는 동명의 졸병이 있었다고 한다. 그런데 그의 형편없는 생활로 인해 알렉산더 대왕의 이름과 명예가 더럽혀지고 있었다. 이 소식을 들은 알렉산더 대왕은 어느 날 예고 없이 사병의 막사를 찾아갔다. 겁에 질려 경례하고 있던 졸병 알렉산더에게 "네가 알렉산더인가?" 하고 물었다. "네, 그렇습니다." 졸병이 대답을 했다. 알렉산더는 그 졸병에게 호통을 쳤다. "내가 네게 두 가지를 명령한다. 네 이름을 바꾸든지, 아니면 네 삶을 바꾸어라! 그래서 그 이름의 오욕을 씻어라."

우리들도 마찬가지이다. 차라리 그리스도인이라고 자처하지 말든지, 아니면 그리스도인 답게 처신해야 한다. 따라서 기도의 목적 중 하나는 변화에 초점을 맞추어야 한다. 아무리 기도를 많이 해도 근본적인 변화가 없다면 그것은 자기중심적인 기도의 일변도를 벗어나지 못하고 있기 때문이다. 기도를 많

이 하는데도 인격적인 성숙과 발전이 없다면 그것은 일차원적 기도에 머물러 있다고 밖에 할 수 없다.

기도의 출발은 마음을 비우는 데서부터이다. 우리가 그릇에 새것을 담으려면 먼저 그릇을 비워야 한다. 특히 중요한 것을 담으려면 깨끗이 비워야 한다. 이것이 주님께서 가르쳐 주신 기도의 첫 출발이다.

"하늘에 계신 우리 아버지시여, 이름이 거룩히 여김을 받으시옵소서!"

예수님의 기도를 살펴보면 예수님은 언제나 하나님 아버지를 최대한 높여 드리는 것으로 시작한다. "아버지여 아버지의 이름을 영광스럽게 하옵소서" (요 12:28)

예수님은 하나님을 아버지라고 부르지만, 그 하나님 아버지를 최대한 높여 드리려고 "거룩하신 아버지"라고 부르신다(요 17:11).

"거룩하신 아버지여!"

예수님은 아버지 하나님을 최대한 경배하는 것으로 기도를 시작하신다. 동양인들은 아버지에 대한 경외심에 있어서 성경적인 부분이 강하다. 그래서 아버지를 최대한 높여 드리려고 예의를 갖춘 표현들이 많이 있다.

우리가 기도할 때도 먼저 하나님 아버지를 경배하는 기도로 시작해야 한다.

"경배 없는 기도는 영혼 없는 몸과 같다."

미국의 신학자요 설교가인 R. C. Sproul은 "하나님이 존경받지 않는 곳에서는 그분의 형상을 지닌 사람들 역시 존경받지 못하는 고통을 당할 것이다."라고 경고했다.

거룩을 상실한 현시대는 온통 사악함과 폭력으로 고통을 당하고 있다. 하나님이 존경받지 못하는 만큼 세상은 죄악으로 사악해지기 때문에 고통을 당하는 것이다. 하나님의 이름을 거룩하게 여기지 않는 나라들은 모두가 다 가난하다. 우리는 그것을 공산주의 국가들의 공통된 모습에서 볼 수 있다.

역사학자 A. Toynbee는 "아무리 위대한 물질문명도 그것을 받쳐줄 정신적 문명이 없으면 안으로부터 붕괴하고 만다."고 경고했다. 따라서 거룩을 상실한 현대인들은 스스로 화를 자처하고 있는 것이다. 그러나 하나님의 이름이 거룩하고 존귀하게 여김을 받는 나라와 민족은 모두 다 복을 받고 있다.

하나님의 이름이 높임 받는 나라는 최고의 복을 누리고 있다. 미국의 청교도적 신앙은 아직도 하나님의 이름을 존귀하게 높이므로 번영의 복을 누리게 하고 있다. 이것이 기도 응답의 최고 비결이다.

"하나님 아버지, 이름이 거룩히 여김을 받으시옵소서!"

Billy Graham 목사는 "예수님께서 가르쳐 주신 다른 기도들, '일용할 양식을 주옵소서, 시험에 들

게 하지 마옵소서' 와 같은 기도들은 천국에 가면 더 이상 필요치 않을 것이다. 그러나 하나님 아버지의 이름을 높여 드리는 기도는 천국에서도 계속 필요할 것이다."라고 경배 기도의 중요성을 강조했다.

요한계시록 4장 8절을 보면 천국에서의 기도내용은 거룩하신 하나님만을 계속해서 경배하고 있다.

"거룩하다 거룩하다 거룩하다 주 하나님 곧 전능하신 이여 전에도 계셨고 이제도 계시고 장차 오실자라"

당신은 얼마나 거룩한 기도를 드리고 있는가?

우리가 기도를 많이 하는 것도 참 중요하지만, 질적으로 수준 있는 기도를 하는 것이 더욱 중요하다. 이것이 예수님께서 가르쳐 주신 주기도문의 원리요, 본질이다. 그것은 단순히 주문처럼 외우라고 주신 기도문이 아니라 기도의 본질과 대원리를 가르쳐 주신 것이다.

"우리가 하나님의 일을 하는 것보다 하나님의 사람이 되는 것이 더 중요하다."

이것이 기도의 놀라운 효과이다. 우리가 본질적인 기도를 할수록 하나님의 사람이 되어 간다. 그렇다면 기도의 본질과 원리를 따라 기도할 때 우리는 무엇을 구해야 할까?

1. 하나님께만 영광 돌리는 삶이 되도록 기도하자.

기도의 첫 번째 순서는 우리 자신을 위해 무엇인가를 얻기 위해서가 아니라 하나님께 무엇인가를 드리기 위한 것이어야 한다. 그런 기도라면 우리는 언제나 하나님을 경배하는 내용으로 시작해야 한다. 주기도문의 전제가 '아버지와 자녀 관계'라면, 그 기도의 첫 번째 내용은 '하나님을 경배하는 자'가 되라는 것이다.

당신이 기도를 시작할 때, 맨 먼저 하나님의 이름을 찬양할 수 있기를 바란다. 어떤 사람은 기도의 순서를 영어로 이렇게 정의하기도 한다. 'ACTS'라는 이니셜(initial, 첫 글자)을 따서 정의한 것인데, 구체적으로 설명을 한다면 다음과 같다.

Adoration(경배),

Confession(고백),

Thanksgiving(감사), 그리고

Supplication(간구).

여기 "거룩"이라는 말은 '하기오스(hagios)'인데, 그 속에는 'doxa(영광)'와 'eulogia(찬양)'가 함축되어 있다. 즉, 우리의 삶의 목적이 언제나 오직 하나님께만 영광을 돌리고자 하는 자세가 필요한 것이다. 우리가 아침에 일어나 첫 기도를 할 때, "오늘은 내가 어떻게 하나님을 영광스럽게 하면 좋을까요?" 하는 기도를 하라는 뜻이다.

"하나님의 영광은 모든 선을 다 포함하고 있다 (God's glory includes all good)." 이것이 마태복음 6장의 총 주제(33절)이며 기도 응답의 비결을 총 정리해 주고 있는 말이다.

위대한 성가를 많이 작곡했던 Franz Joseph Haydn에게 하루는 어떤 사람이 이런 질문을 했다.

"당신은 그 놀라운 음악을 작곡하는 영감을 어디에서 얻습니까?"

그러자 하이든은 이렇게 대답했다고 한다. "나는 기도할 때마다 이렇게 고백합니다. 하나님, 하나님은 내 삶의 주인이십니다. 하나님이 제게 지혜를 주시기 때문에 아름다운 음악을 작곡할 수 있습니다. 제가 작곡하는 것은 하나님의 영광을 위해서이며 또한 제가 작곡한 음악을 주님 앞에 드립니다."

하이든의 기도와 그의 작곡 작업은 오직 하나님의 영광만을 위한 것이었다.

그의 곡 가운데 '천지창조'라는 유명한 성가가 있는데, 이 곡은 성경의 창세기와 존 밀턴의 '실락원 (失樂園)'에 근거하여 지은 것이다. 이 곡이 비엔나에서 공연되던 날 하이든은 몸이 몹시 아파 뒤에 앉아 있을 수밖에 없었다. 연주가 끝났을 때 수많은 청중들이 지휘자에게 박수를 보내자 지휘자는 박수를 중단시키며 뒷좌석 발코니에 앉아 있는 하이든을 가리켰다. 그리고 이렇게 외쳤다.

"저 분입니다. 저 분이 이 놀랍고 아름다운 음악을 작곡했습니다."

사람들은 일제히 고개를 돌려 하이든에게 박수를 보냈다. 그러자 하이든은 청중들의 우뢰와 같은 박수를 중단시키고는 두 손을 들어 하늘을 가리키면서 이렇게 말했다.

"아니오. 나는 아무것도 아닙니다. 그분이 모든 것입니다. 이 모든 것은 하늘로부터 온 것입니다. 주님께서 나에게 지혜를 주셨습니다. 오직 그분께만 영광을 돌립니다."

당신은 얼마나 거룩한 기도를 드리고 있는가? 오직 하나님께만 영광을 돌리는 삶을 위해 기도할 수 있기를 바란다(고전 10:31).

2. 하나님께 최상의 것을 드리는 헌신의 삶이 되도록 기도하자.

우리는 기도할 때마다 마음 속에 다짐해야 할 것이 하나 있다. 그것은 바로 헌신을 향한 결단이다. 여기 "거룩"이라는 말은 '구별'이라는 뜻이다.

Pascal은 하나님의 이름을 거룩하게 한다는 것은 "하나님을 하나님으로서 대접한다는 것을 의미한다."고 해석하였다. 그래서 기도할 때마다 먼저 하나님께 바치고 드리는 헌신을 추구하라는 것이다.

성경에서는 "첫 새끼, 첫 열매, 첫 수확, 첫 아들,

예수님의 벤처 기도

첫 것"을 하나님께 드리라고 요구한다. 이것이 '거룩'의 개념이다.

이 '거룩'이라는 개념은 우리나라의 문화권에서는 잘 이해할 수 있는 단어이다. 우리 가정에서는 거의가 아버지의 수저와 밥그릇이 따로 구별되어 있다. 똑같은 한 솥에서 나오는 밥이라도 어른의 밥은 따로 먼저 떠서 구별해 놓는다. 전통적인 식탁에서는 이런 구별을 통해 아버지의 권위와 위치를 자연스럽게 구분 짓는다.

신앙적인 차원에서도 하나님 아버지를 이렇게 구별하여 섬기며 헌신하는 기도를 하라는 것이다. 주일 하루를 거룩하게 바치고, 십일조를 따로 떼고, 하루의 첫 시간, 수입의 첫 지출을 먼저 하나님께 드리는 헌신의 삶을 살도록 기도하라는 것이다.

이것이 거룩한 기도를 하는 자의 삶이다. 기도 응답의 비결은 무엇을 받으려는데 집착하기보다는 내

예수님의 벤처 기도

인생을 어떻게 바치고 드리는 헌신을 할 것인가를
놓고 간구하는데 있다.

예수님의 기도의 첫 출발은 구별할 줄 아는 헌신
에 초점을 맞추라고 가르쳐 주시고 있다. 우리는 기
도할 때마다 무엇을 요청하기 전에 먼저 헌신을 결
단할 수 있어야 한다.

한나가 기도 응답을 받은 비결이 여기에 있다. 아
들을 주시면 그 아들을 바치겠다는 것이다. 병을 고
쳐주시면 힘을 다해 헌신하겠다고 기도하는 것이다.

하나님께서 물질을 주시면 그 물질로 선교하고 의
미 있게 쓰겠다고 헌신하는 기도부터 하라는 것이
다. 예수님은 마태복음 6장 33절에서 헌신이 곧 기
도 응답의 비결이라고 결론을 내려 주셨다.

"너희는 먼저 그의 나라와 그의 의를 구하라 그리
하면 이 모든 것을 너희에게 더하시리라"

어떤 전도사가 한 대학생에게 전도를 하자, 그 젊은이는 "내가 나이 들어 늙은 다음에 믿겠어요. 지금은 엔조이(enjoy) 할 일들이 너무나 많아요. 지금 신앙생활 하기에는 젊음이 너무나 아깝잖아요?"라고 대답하였다. 그런데 이 학생이 건강에 이상이 생겨 병원에 입원을 하게 되었다. 그 소식을 들은 전도사는 학생의 병실에 꽃잎이 다 떨어져 가는 시들은 꽃다발을 보냈다. 그러자 학생은 화가 났다. '예수 믿는 전도사가 이렇게도 쩨쩨할 수 있을까?'

그때 전도사는 학생을 찾아와서 이렇게 말했다.

"하나님은 다 시들어버린 인생을 받기 원치 않으신다네. 자네의 젊음을 헌신하기를 원하고 계셔."

"주님께 귀한 것 드려 젊을 때 힘 다하라!"(찬 302장)

당신은 얼마나 거룩한 기도를 드리고 있는가? 오직 하나님께 최선의 삶으로 헌신하기 위해 기도하는

예수님의 벤처기도

사람이 되어야 하지 않을까요?(롬 12:1)

3. 하나님 앞에서 성결한 삶을 살도록 기도하자.

예수님께서 제자들에게 가르쳐 주신 기도의 중요한 포인트는 성결한 삶을 사는 것이다. 이것은 삶을 통해 나타나는 기도의 모습이다. 우리는 기도를 시작하면서 먼저 자신의 성결을 위해 기도하는 습관을 가져야 한다.

기도는 마음을 비우는 것이다.

생각을 정화시키는 것이다.

내면 세계를 깨끗이 씻는 작업이다.

보들레르는 그의 책 '나심(裸心)'에서 "기도는 영적인 것을 향상시키고, 동물적인 것을 하강시키는 역할을 한다."고 정의하고 있다. 당신은 이 말에 동의를 하는가? 과연 기도는 나 자신의 육체적 본성과 죄성을 항복시키며 죽이는 것이다. 그리고 성령님께서 새롭게 하시는 거룩한 성품으로 승화시켜 나가는 작업이다.

우리는 엎드려 기도하면 할수록 나 자신의 근본적인 죄성을 깊이 깨닫게 된다. 그래서 더욱 절규하는 기도를 하게 된다.

시편에 나오는 다윗의 기도에도 그것이 잘 나타나 있다. 다윗의 기도의 핵심 중 하나는 성결을 위한 기도이다.

"우슬초로 내 죄를 정결케 해주십시오. 내가 깨끗하게 될 것입니다. 나를 씻어 주십시오. 내가 눈보다 더 희게 될 것입니다. … 아, 하나님, 내 속에 깨끗한 마음을 새로 지어 주시고 내 안에 정직한 새 영을 넣어 주십시오."(시 51:7, 10)

예수님은 제자들이 성결케 되도록 진중하게 대제사장적 기도를 하셨다.

"저희를 진리로 거룩하게 하옵소서 아버지의 말씀은 진리니이다"(요 17:17)

당신은 얼마나 거룩한 기도를 하고 있는가? 오직 하나님 앞에서 성결해지는 은총을 위해 기도하자 (마 5:8). 마음이 청결한 자가 하나님을 보게 된다. 우리는 날마다 성결케 되기를 위해 더욱 기도해야 한다.

"녀 성결키 위해 네 머리 숙여 저 은밀히 계신 네 주께 빌라 주 사귀어 살면 주 닮으리니 널 보는 이 마다 주 생각하리"(찬 212장)

예수님은 우리에게 기도할 때 맨 먼저 간구할 내용을 '거룩'으로 규정하고 있다. 왜냐하면 하나님이 존경받지 않는 곳에서는 하나님의 형상을 지닌 사람들 역시 존경받지 못하는 고통을 당하기 때문이다.

하늘에 계신 하나님이 우리 아버지시라면, 우리는

그분만을 경배하며 높여 드리는 기도부터 해야 한다. 그리고 우리는 기도의 첫 제목을 개인적인 소원 성취보다는 헌신하기 위한 기도를 드려야 한다.

더 나아가 우리는 하나님의 일을 하기 전에 먼저 하나님의 사람이 되기 위해서 마음의 성결을 위해 간절히 기도해야 한다.

하나님의 나라가 임하소서!

"나라이 임하옵시며
뜻이 하늘에서 이룬 것같이
땅에서도 이루어지이다 …
너희는 먼저
그의 나라와 그의 의를 구하라
그리하면 이 모든 것을
너희에게 더하시리라"
(마태복음 6:10, 33)

14세기 초부터 르네상스라는 문예부흥 운동이 시작되면서 인간성 존중의 기치를 들고 일어난 것이 소위 휴머니즘 운동이다.

특별히 새로운 기술 발달로 인한 산업혁명과 함께 인권 해방운동은 인간왕국 건설을 꿈꾸게 된다. 여기서부터 무신론과 물질만능주의, 기술혁명에 의한 유토피아적인 지상낙원을 추구하다가 공산주의가 태동한 것이다.

일찍이 하버드 대학의 솔제니친이 지적한대로 공산주의는 무신론적 유물주의(Materialism)를 표방하다가 망하게 되었고, 자본주의는 황금만능주의적인 물신주의(Mammonism) 때문에 망해가고 있다.

오늘날도 사람들은 하이테크에 의한 유토피아가 이루어질 것으로 장미빛 환상에 부풀어 있다. 즉, 최첨단 컴퓨터나 인간유전자 지도 개발이라는 게놈 프로젝트에 의해서 복제 인간이니 우성 인간제조를 추구하고 있으며, 최근에는 장생 불로초를 개발하여 인간의 수명이 수백 살이 될 수 있다고 장담하고 있다.

이처럼 과학과 의학의 무제한 발달에도 불구하고 이 세상은 유토피아가 이루어지는 대신에 오히려 혼란과 무질서와 폭력과 파괴와 전쟁의 디스토피아 시대가 되어가고 있다.

근대 역사만 보더라도 르네상스, 휴머니즘, 산업혁명, 공산주의, 자본주의, 기술혁명, 컴퓨터 혁명, 유전 공학, 아이티 산업, 우주 항공 등 그 어떤 발달에도 불구하고 이 세상은 결코 유토피아가 실현되고 있지 않다.

오히려 과학기술 발달에 의한 지구 온난화 현상으로 전 세계 곳곳에서 이상 기온과 해일, 홍수, 폭우, 폭설, 가뭄, 지진 등의 천재지변이 일어나 지구 전체가 더욱 혼란스러워지고 있다. 지금 지구는 전체적

예수님의 벤처 기도

으로 바다의 해면이 높이 솟아오르고 있어 해수면이 높아지고 있다. 최근 100년 사이는 바다 밑의 해면이 15cm나 높아졌다고 한다. 그것은 지난 2천년 동안 높아진 것보다 10배에 해당된다.

일본 같은 나라는 지면이 점점 내려앉고 있다. 한쪽에서는 바다의 수면이 높아지고, 다른 한편에서는 지면이 낮아지고 있다.

해면이 높아지면 식수가 모자라고, 농경지가 침수되고, 생태계가 파괴되고, 앞으로 15년 이내에 전 인구의 절반이 식수 부족으로 큰 환난을 겪을 것이라고 한다.

캐나다를 중심으로 한 북극 지방에서는 지구 온난화 현상 때문에 빙하지대의 얼음 층이 빠른 속도로 녹아내리고 있어 앞으로 큰 홍수를 비롯한 엘리뇨 현상 등 심각한 기후 변동이 일어날 것으로 예측되고 있다.

최근 기후와 관련한 뉴스의 특징 중 하나는 홍수

가 나든지, 폭우나 폭설, 폭풍 또는 가뭄의 현상에 대하여 50년 만에 처음, 100년 만에 처음, 역사 이래로 처음 등의 표현들이다. 여하튼 이 세상은 그 어떤 과학혁명이나 기술혁명에도 불구하고 유토피아는 이루어지지 않는다.

원래 유토피아(Utopia)라는 단어는 그리스어의 ou(無)와 topos(所)에서 나온 말로써 "어디에도 존재하지 않는 곳"이라는 뜻이다.

철학자 플라톤이 '이상국가'를 꿈꾸었으나 이루어지지 않았고, T. More가 사유재산제도를 폐지하고 공산주의적 사회조직의 유토피아를 추구해보았으나 결국 공상의 세계로 끝나고 말았다.

이것은 우리에게 무슨 교훈을 주는가? 인간의 왕국으로는 이 세상이 완전해질 수가 없다는 것이다.

오직 하나님의 나라가 임해야 완전한 낙원이 이루어진다. 이것이 예수님께서 가르쳐 주신 기도의 핵심이다.

"하나님의 나라가 임하소서!(Thy Kingdom come!)"

예수님의 모든 설교 제목은 '하나님의 나라(Kingdom of God)'이다(마 4:17). 예수님의 설교를 보면 대부분 "천국 곧 하나님의 나라"는 이와 같다는 도입으로 시작한다. 특히 예수님의 사역은 하나님의 나라로 시작하여(begin) 하나님의 나라로 끝이 난다(end). 즉, "회개하라 천국이 가까웠느니라"(마 4:17)로 시작하여 "오늘 네가 나와 함께 천국에 있으리라"(눅 23:42-43)로 끝이 난다.

인간은 근본적으로 죄인이기 때문에 이 세상을 이상적인 유토피아로 만들 수가 없다. 오직 하나님만이 질서와 평화가 깨어진 이 세상 나라를 회복하실 수 있다. 그래서 예수님은 우리의 기도를 들으시는 하나님은 하늘에 계신 거룩하신 아버지일 뿐만 아니

라 이 땅을 직접 다스리시는 왕이심을 주지시켜 주
셨다.

하나님은 왕이시다. 온 우주의 왕이시오, 만 왕의
왕이 되신다.

"하나님이 왕이실 때 이 세상은 황금시대를 맞이
한다(The earth's golden age will come when
God is king. - 평양신학교 교수 Stacy L.
Roberts)."

그러므로 예수님께서는 이 세상을 하나님이 다스
리는 나라가 되게 해달라고 기도하라는 것이다. 사
탄이 다스리거나, 죄악 된 인간이 다스려서는 안되
기 때문이다. 오직 참된 왕이신 하나님이 다스리셔
야 '정의와 평화와 행복'이 이루어지는 것이다(롬
14:17).

성경에는 '하늘(하나님) 나라'라는 말을 매우 여

러 번 강조하고 있다. 마태복음에서는 49번, 마가복음에서는 16번, 누가복음에서는 38번이나 거듭 강조하고 있다.

여기서 말하는 '나라(Basileia)'는 다스리심과 통치를 뜻하고 있으며, 이것은 공간적 개념보다는 통치적 성격을 띠고 있다. 우리는 기도할 때마다 하나님의 다스리심을 구하는 기도로 시작하라는 것이다.

"오, 하나님이시여, 내 마음을 다스려 주옵소서! 내 생각을, 내 감정을, 우리 가정을, 내 인생을, 우리 회사를, 우리의 관계를, 우리나라를 다스려 주옵소서!"

1. 하나님의 임재를 기도하자.

우리가 기도할 때마다 하나님의 나라를 간구하라는 본질적인 의미가 무엇일까? 하나님의 인격적인 임재를 느끼는 기도가 되라는 것이다. 그렇다면 하나님이 어떻게 이 땅에 임재하시는가? 예수님은 그 부분에 대해 매우 선명하게 말씀하셨다.

"하나님의 나라가 '여기에 있다, 저기에 있다' 하지 말라. 하나님의 나라는 너희 가운데(among) 있다."(눅 17:21)

예수님이 곧 현실적인 하나님의 나라이다.

예수님이 하나님의 나라이기 때문에 우리는 기도할 때마다 예수님을 모셔 드리는 기도부터 해야 한다.

"주님, 제 마음에 오시옵소서! 우리 가정에 오시옵소서! 제 삶의 현장에 오시옵소서! 찾아 오시옵소서! 저와 동행하여 주시옵소서! 저의 회사와 사업을 다스려 주옵소서! 저희 자녀들의 앞길을 인도하여 주옵소서!"

우리가 기도할수록 예수님의 충만한 임재를 느낄 수 있다. 예수님으로 가슴이 채워진다. 예수님을 인격적으로 느낄 수 있다. 신약 신학자 Guthrie는 "그리스도의 왕국은 밖에 있지 않고, 안에 있다 (Christ's kingdom is not without, but within us)."라고 말하였다.

당신이 기도하면 할수록 당신의 심령 속에 예수님으로 가득 채워지는 은혜를 체험하게 될 줄로 믿는다.

2. 하나님의 능력을 기도하자.

하나님의 나라는 다스림의 능력과 통치권의 능력을 함축하고 있다. 그러므로 우리는 기도할 때마다 하나님의 큰 능력을 구해야 한다. 하나님의 나라는 단순한 이론이나 지식이 아니다. 하나님의 나라는 능력 그 자체이다.

"하나님의 나라는 말에 있지 아니하고 오직 능력에 있음이라"(고전 4:20)

예수님께서 이 땅에 오셔서 그의 사역을 시작하자마자 사탄은 능력이신 예수님으로 인해 무능력하게 되었다. 예수님은 이 땅에 하나님의 나라를 이루시는 방법으로 모든 아픈 자, 병든 자, 갖가지 질병과 고통으로 앓는 모든 환자들과 중풍병 환자들을 다 고쳐주셨다(마 4:23-24).

Hank Hanegraaff는 '예수님의 기도' 라는 책에서 "기도는 자신을 덜 의지하고, 하나님을 더 의지하는 수단이다."라고 정의하고 있다. 우리가 기도하면 할수록 하나님의 나라와 능력이 이 세상의 그 어떤 질병이나 고통, 고난, 환난, 재난을 다스리게 될 것이다. 예수님이 가시는 곳마다 귀신이 쫓겨나고, 병든 자가 낫고, 눈먼 자가 눈을 뜨고, 앉은뱅이가 일어나고, 저는 자가 뛰고, 죽은 자가 살아났다(마

10:1, 7-8). 예수님은 우리들에게 귀신을 제어하는 능력과 온갖 질병, 온갖 허약함을 고치는 능력을 주신다.

우리는 세상에서 어떤 일들로 무언가에 의해 끊임없이 고통을 당하게 된다. 아픔을 가지게 될 수도 있다. 시련, 환난… 그럴 때 우리는 그 어떤 능력을 필요로 하게 된다. 이럴 때 하나님의 능력을 구하라! 하나님이 큰 능력과 권세로 다스려 주실 것이다. 모든 어두움과 슬픔과 아픔과 고통과 불행의 세력을 다 몰아내어 주실 것이다.

3. 하나님의 구원을 기도하자.

예수님이 이 세상에 오신 목적은 죄인 구원이다. 사탄의 노예가 되어 지옥에 떨어지는 죄인들을 구원하여 천국으로 데리고 가고자 이 땅에 오셨다(마

1:23).

하나님은 세상을 너무나 사랑하셔서 독생자 예수님을 이 땅에 보내셔서 아무도 멸망당하지 않고 다 구원받게 하신 것이다(요 3:16).

그래서 예수님의 첫 번째 설교는 "회개하라 천국이 가까왔느니라"였다(마 4:17).

하나님 나라의 본질은 죄인 구원이다. 그러므로 우리는 날마다 영혼 구원, 가족 구원, 친구 구원, 이웃 구원, 민족 구원을 위해서 기도해야 한다. 세계 선교를 가슴에 품고 뜨겁게 기도해야 한다. 이 세상이 구원받지 않고는 하나님의 나라가 이루어지지 않는다.

"너희는 먼저 그의 나라와 그의 의를 구하라 그리하면 이 모든 것을 너희에게 더하시리라"(마 6:33)

우리의 기도는 항상 영혼 구원과 선교지향적인 중

보기도가 되어야 한다.

우리 기도의 최우선 순위는 영혼 구원과 세계선교가 되어야 한다.

이것이 하나님 나라의 이중성이다. 하나님의 나라는 이미(already) 이곳에 임하였고, 또 앞으로 이 땅에 완전히 임해야 한다. 우리는 이 땅에서의 천국확장을 위해서 적극적으로 기도해야 한다. 세계선교를 위한 간절한 기도는 하나님의 나라를 확장하는데 주요한 무기이다.

땅끝까지 복음이 다 전파되어야 하나님의 나라가 임하기 때문이다(마 24:14). 더 나아가 우리는 기도할 때마다 천국을 사모하며 기도해야 한다. 즉, 천국 중심적인 기도를 해야 한다. 문제 많은 이 땅에 예수님의 재림이 속히 이루어지도록 간절히 기도해야 한다.

우리는 너무나 일차원적인 기도수준에 머물러 있을 때가 많다. 그러나 예수님의 기도는 언제나 종말

예수님의 벤처 기도

론적이며 하나님의 나라 중심적이다.

  이단들의 공통분모 하나는 주님의 재림을 강조하는 점이다. 그것에 반하여 정통교회에서는 오히려 주님의 재림을 강조하지 않고 있다. 사실 기독교 신앙의 궁극적인 목표는 하나님의 나라(Kingdom of God)의 실현이다. 천국의 도래이다.

  초대교회 성도들은 2천년 전인데도 예수님의 재림을 대망하는 기도를 열심히 하였다. 예수님이 초림하신지 100년이 안되었는데도 그들은 예수님의 재림을 간절히 대망하였다. 그들은 "마라나타, 아멘 주 예수님 어서 오시옵소서!"라고 기도하였다(계 22:20).

  우리나라 기독교 초기의 성도들의 기도도 천국 지향적이었다. 천국을 사모하는 노래들을 많이 불렀다. 그만큼 그들의 신앙은 삼차원적이었다.

지금 우리는 이 세상 환경이 너무 좋다보니 천국을 사모하지 않는다. 그러나 그들은 천국을 간절하게 고대하였다. 한국교회의 자랑인 손양원 목사님의 '주님 고대가'는 그의 영성을 느끼게 해준다.

　"낮에나 밤에나 눈물 머금고 내 주님 오시기만 고대합니다.

　가실 때 다시 오마 하신 예수님, 오 주여 언제나 오시렵니까

　먼 하늘 이상한 구름만 떠도 행여나 내 주님 오시는가 해

　머리 들고 멀리 멀리 바라보는 맘, 오 주여 언제나 오시렵니까

　신부 되는 교회가 흰옷을 입고 기름준비 다해놓고 기다리오니 도적같이 오시마고 하신 예수님, 오 주여 언제나 오시렵니까

　천년을 하루같이 기다린 주님 내 영혼 당하는 것

예수님의 벤처기도

볼 수 없어서 이 시간도 기다리고 계신 내 주님, 오
주여 언제나 오시렵니까"

"하나님의 나라가 임하소서!(Thy Kingdom
come!)"

이 얼마나 훌륭한 기도인가? 이것은 이 세상에 어
떤 일이 다행스럽게 일어나기만을 원하는 요행기도
가 아니다. 우리가 사는 현실 속에 하나님이 인격적
으로 친히 임재하셔서 직접 다스려 주시는 은총을
간구하는 적극적인 기도이다. 우리가 살고 있는 이
세상의 모든 악한 현실들은 우리의 힘만으로는 풀어
갈 수 없기에 오직 하나님의 능력을 간구하는 애절
한 기도이다. 더 나아가 이 세상의 근본적인 죄 문제
를 완전히 풀어주시도록 예수님께서 이 땅에 속히
오시기를 간절히 기도하는 것이다.

예수님은 우리들에게 참 지혜롭고, 효과적인 기도

를 가르쳐 주셨다. 우리가 주님 나라에 가는 대신, 주님께서 이 땅에 내려오시도록 기도하라는 것이다. 하나님의 나라가 이 땅에 도래하도록 간구하라는 것이다.

그래서 초대교회 성도들은 이렇게 기도하였던 것이다.

"마라나타, 아멘 주 예수님 어서 오시옵소서!"

나의 주님, 당신의 뜻대로 하소서!

"그러므로 너희는
이렇게 기도하라 하늘에 계신 우리 아버지여
이름이 거룩히 여김을 받으시오며
나라이 임하옵시며
뜻이 하늘에서 이룬 것같이
땅에서도 이루어지이다 …
누구든지 하늘에 계신
내 아버지의 뜻대로 하는 자가
내 형제요 자매요 모친이니라 하시더라"
(마태복음 6:9-10, 12:50)

17세기 말 독일의 B. Schmolck 목사님이 30년 종교전쟁 이후 36개 지방의 여러 교회들을 맡아 과로하면서 목회를 하게 되었다. 어느 날 부인과 함께 심방을 갔다 돌아와 보니 집에 불이나 완전히 잿더미가 되어 버렸고, 사랑하는 두 아들은 불에 타 죽어 있었다. 이런 청천벽력 같은 슬픔과 아픔…. 그러나 그는 그런 와중에서도 조용히 기도하면서 "나의 예수님, 당신의 뜻대로 하소서(Mein Jesus, wie du willt)"라고 읊조렸는데, 이것이 수많은 크리스천들에게 애송되고 있는 찬송이 되었다.

"내 주여 뜻대로 행하시옵소서
온 몸과 영혼을 다 주께 드리니
이 세상 고락간 주 인도하시고
날 주관하셔서 뜻대로 하소서.
내 주여 뜻대로 행하시옵소서
큰 근심 중에도 낙심케 마소서

주님도 때로는 울기도 하셨네
날 주관하셔서 뜻대로 하소서.
내 주여 뜻대로 행하시옵소서
내 모든 일들을 다 주께 맡기고
저 천성 향하여 고요히 가리니
살든지 죽든지 뜻대로 하소서."

중세 베네딕트 수도회의 어느 수녀가 매일 아침 이런 기도를 드렸다고 한다.

"주님의 뜻이 이루어지이다."

어느 날도 이런 기도를 반복하고 있을 때, 주님께서 오른손에는 건강을 쥐고, 왼손에는 질병을 들고 나타나셨다. 그리고는 이렇게 말씀하셨다.

"내 딸아, 네가 원하는 것을 택하라."

그 수녀는 이렇게 대답했습니다.

"오, 주여! 내 뜻이 아니라 당신의 뜻이 이루어지이다."

Robert Law는 "기도는 인간의 뜻을 하늘에서 관철시키는 것이 아니라 하나님의 뜻이 이 땅에서 이루어지게 하는 것입니다."라고 말했다. 즉, 기도는 하나님의 뜻을 꺾는 것이 아니라 나의 삶을 하나님의 뜻에 맡기는 것이다.

우리의 소원 성취보다는 하나님의 큰 목적과 소원을 이루어 드리는 것이다.

만일 이 땅과 세상만사가 인간의 계획, 사람의 의도대로 되어간다면 이 세상은 결국 혼란과 파멸, 비극적 종말을 맞이할 것이다. 그러기에 우리에게 하나님의 뜻을 구하는 삶은 매우 중요하다.

첫째, 하나님의 뜻을 이루는 사람이 참 하나님의 자녀이기 때문이다.

예수님은 이렇게 중대한 선언을 하셨다. "누구든지 하늘에 계신 내 아버지의 뜻대로 행하는 자가 내 형제요 자매요 모친이니라"(마 12:50)

둘째, 하나님의 뜻을 이루는 사람만 하나님의 나라에 들어가기 때문이다.

"나더러 주여 주여 하는 자마다 천국에 다 들어갈 것이 아니요 다만 하늘에 계신 내 아버지의 뜻대로 행하는 자라야 들어가리라"(마 7:21)

셋째, 하나님의 뜻을 행하는 사람이 기도 응답을 받기 때문이다.

"그를 향하여 우리의 가진 바 담대한 것이 이것이니 그의 뜻대로 무엇을 구하면 들으심이라"(요일 5:14)

넷째, 하나님의 뜻을 행하는 사람은 영원히 남기 때문이다.

"오직 하나님의 뜻을 행하는 이는 영원히 거하느니라"(요일 2:17)

이것이 예수님의 위대한 삶이다. 예수님은 오직 하나님의 뜻만을 이루어 드리는 삶을 살았다. "나의 양식은 나를 보내신 이의 뜻을 행하며 그의 일을 온전히 이루는 이것이니라"(요 4:34)

우리가 하나님의 뜻을 따라 사는 것만이 영원히 기념이 되는 성공에 이르는 길이다. "주여 주여 하는 자가 천국에 들어가는 것이 아니요, 오직 하나님의 뜻대로 행하는 자라야 천국에 들어가는 것이다." 그러므로 우리는 날마다 이렇게 기도해야 한다.

"하늘에 계신 우리 아버지여 뜻이 하늘에서 이룬 것같이 땅에서도 이루어지이다"

우리가 이 기도를 드릴 때 우리는 두 장소에 큰 차이가 있음을 인정하는 것이라고 E. Towns는 지적하고 있다.

"하늘에서 천사들은 하나님의 뜻에 대해 기도하지 않는다. 그들은 단지 하나님의 뜻을 행할 뿐이다. 하

늘에서 하나님의 뜻은 즉시 이루어지지, 열의 없이 이루어지지 않는다. 하늘에서 하나님의 뜻은 완전하게 이루어지지, 부분적으로 이루어지지 않는다. 하늘에서 하나님의 뜻은 이 땅에서 우리가 하는 것과 달리 완전하게 이루어진다."

그러기에 예수님은 우리도 이렇게 기도하라는 것이다. 우리는 하나님의 뜻을 따르는 것이 때로는 힘들고 어렵더라도 하늘의 천사들처럼 즐겁게, 기꺼이, 그리고 완전하게 이루어 드리도록 노력해야 한다.

1. 하나님은 우리 각자를 위하여 목표를 가지고 계신다.

우리가 무엇을 하며, 어디서 살며, 어떻게 되든지 간에 하나님은 나의 삶을 구체적으로 계획해 놓으시고 계신다. 그래서 헬라어로는 '텔레마(telema)' 라는 단어를 쓴다. 이것은 인간 각 개인에 대한 하나님의 개별적인 계획과 목적을 뜻한다.

하나님은 나 한 사람의 인생에 대하여 정확하고 구체적인 계획과 목표를 정해놓고 계신다. 저 은하계에 있는 해, 달, 별, 행성들의 움직임을 한 치의 오차도 없이 치밀하게 계획하신 후, 그 정확도를 따라 우리의 걸음을 정해 놓으셨다고 시편 37편 23절은 확신시켜 준다.

"여호와께서 사람의 걸음을 정하셨다."

이 단어는 하나님께서 천체계에 있는 행성들의 정확한 행로를 정하신 것과 같다는 뜻이다.

우리는 내 인생이 내 목표대로 진행될 것이 아니라 하나님의 완벽한 Master Plan에 의하여 이루어지기를 갈망해야 한다. 내 인생이 하나님의 손에 붙들린 삶이 되도록 기도해야 한다.

다윗이 그렇게 산 사람이다. 그래서 그는 위대한

성공자가 되었다. 그는 80평생을 오직 이 한 가지 신념으로 살았다. 스데반은 다윗의 고결한 인생을 이 한 마디로 평가하고 있다. "다윗은 자기 생애에 하나님의 목적을 이루어 드리고 죽었더라"(행 13:36)

사실 다윗은 80년 동안 엄청나게 고생만 하고 살았던 인생처럼 보인다. 국토 확장과 정국 안정을 위해, 그리고 성전 건축이 자기 생전에 허락되지 않았는데도 그 건축자재 비축을 위해 죽을 때까지 최선을 다했다. 바로 여기까지가 자기에게 부과된 하나님의 목적이었기 때문이다. 그는 자기 생전에 오직 하나님의 목적을 이루어 드리는 사명을 다하고 죽었다.

예수님의 삶도 그렇다. 예수님은 자신의 인생관을 이렇게 확고하게 표명하셨다.

"내가 하늘로서 내려온 것은 내 뜻을 행하려 함이

아니요 나를 보내신 이의 뜻을 행하려 함이니라"(요 6:38)

그래서 예수님은 이런 기도를 자주 하셨다.

"보시옵소서 내가 하나님의 뜻을 행하러 왔나이다"(히 10:9)

오늘 우리에게는 새로운 수준의 기도 업데이트가 필요하다. 나를 향하신 하나님의 목적을 이루어 드리고자 하는 차원 높은 기도를 할 수 있어야 한다.

내가 왜 이 사람과 결혼했는지, 나에게 왜 이런 자녀들을 맡기셨는지, 내가 왜 지금과 같은 직업이나 사업을 하게 되었는지, 내가 왜 교회에서 이런 직분과 사명을 맡았는지, 오직 하나님의 목표만을 이루어 드리는 고급한 삶이 될 수 있기를 바란다.

A. T. Pierson은 이런 짤막한 간증으로 깊은 감동을 주고 있다.

"나는 하나님이 인도하시는 대로 간다. 하나님이 인도하실 때 간다. 하나님이 인도하시는 곳으로 간다. 지난 20년 간 내 인생의 기도는 바로 이것이었다."

2. 하나님의 뜻은 우리 계획보다 훨씬 더 유익하다(our highest good).

중국의 사상가 손문은 사람을 세 종류로 나누어 말하였다.

'선지 선각자, 후지 후각자, 부지 부각자'

그 뜻은 미리 알고 앞서 깨닫는 사람, 나중에 알고 뒤늦게 깨닫는 사람, 그리고 아무리 가르쳐 주어도 알아듣지도 못하고 깨닫지도 못하는 사람이다.

그런데 성경은 우리에게 매우 희망적인 사실을 가르쳐 주고 있다. 우리가 성령으로 거듭난 사람이라

면 하나님이 좋아하시고 기뻐하시고 완전하신 뜻을
헤아려 알 수 있다는 점이다.

　"너희는 이 세대를 본받지 말고 오직 마음을 새롭
게 함으로 변화를 받아 하나님의 선하시고 기뻐하시
고 온전하신 뜻이 무엇인지 분별하도록 하라"(롬
12:2)

　그래서 A. Murry는 이렇게 지적하고 있다. "인간
의 가장 큰 잘못 중 하나는 하나님의 뜻을 알 수 없
다는 속단이다."

　참으로 감사한 것은 Tim LaHaye가 말하듯이 "우
리 하나님이 알맞은 때에 하나님의 뜻을 보여주지
않아서 하나님의 뜻대로 행하지 못한 사람은 여태까
지 아무도 없었다."는 사실이다. 물론 우리가 어떤
경우에는 하나님의 깊고 오묘한 뜻이 어디에 있는지
잘 모르는 경우도 많이 있다.

　"나의 생각은 너희의 생각과 다르며, 너희의 길은

나의 길과 다르다. 하늘이 땅보다 높듯이, 나의 길은 너희의 길보다 높으며, 나의 생각은 너희의 생각보다 높다."(사 55:8-9)

우리는 여기서 하나님의 뜻에 대한 낙관적인 입장을 취할 수 있다. 하나님의 생각과 계획과 뜻은 이 땅에서 버둥거리는 내 판단이나 소견보다 훨씬 더 높기 때문이다.

예레미야 선지자는 낙심과 좌절의 늪에 빠져 기죽어 있는 이스라엘 백성들에게 주님의 이런 희망찬 계획을 확신시켜 주었다.

"내가 너희를 두고 계획하고 있는 일들은 재앙이 아니라 번영으로서, 너희에게 미래에 대한 희망을 주는 것이다."(렘 29:11)

하나님의 뜻은 언제나 우리의 계획보다 훨씬 더 좋게 이루어진다. 필자가 만일 캐나다 유학에 실패

하지 않았더라면… 나이아가라 폭포 옆에서 매일같이 물이 천 길 밑으로 떨어지는 것만 보면서 고향이 그리워도 못가는 신세타령이나 읊으며 목회하고 있을지도 모른다.

인생의 삶에 닥친 어떤 뜻밖의 일, 그것이 재수가 없어서인가? 운이 나빠서인가, 아니면 누가 잘못해서 그렇게 된 것일까? 운명 탓, 환경 탓, 시대나 정국 탓, 사람 탓…. 아니다. 우리는 이런 것들로 돌리려 하지 말고, 하나님의 복되신 섭리와 크신 뜻이 있음을 믿어야 한다.

참존 화장품의 김광석 회장은 퇴계로의 스카라극장 옆에서 피보약국을 하다가 전혀 뜻밖의 환난을 당해 예수님을 믿고 새로 시작한 화장품 사업이 오늘의 대성을 이루게 되었다.

현재 한국 최고의 벤처기업으로 부상한 정문술 사

예수님의 벤처기도

장은 1980년 중앙정보부에서 강제 퇴직을 당한 후 예수님을 믿고 출범시킨 미래산업을 통해 성공시대를 살아가고 있다. 이처럼 하나님의 뜻과 계획은 우리의 생각을 뛰어넘는다.

하나님의 뜻과 계획이 이루어지는 것은 꼭 좋지 않은 사건을 통해서만 이루어지는 것이 아니다. 어떤 경우에는 좋은 케이스를 통해서 더 좋게 이루어지는 경우도 많이 있다.

21세기 과학의 최대 이슈인 게놈 프로젝트의 최고 책임자 Francis S. Collins 박사는 20대 초반에 허무주의에 젖어 살다가 27세 되던 해에 C. S. 루이스의 글을 읽으면서 많은 도전과 감동을 받아 그리스도인이 되었다.

그후 그는 게놈 프로젝트를 연구하면서 창조주 하나님의 놀라운 솜씨에 감탄하여 더욱 더 성령 충만한 과학자가 될 수 있었다. 그는 지성과 영성을 겸비

한 크리스천 과학자답게 이런 멋진 말을 하였다.

"나는 과학이라는 것은 '하나님은 이미 알고 계셨지만 인간이 몰랐던 것을 하나씩 발견해 나가는 과정' 이라고 생각합니다. 그래서 매번 새로운 사실을 실험을 통해 알아낼 때마다 창조주 하나님께 경탄의 찬양을 올리게 됩니다."

이 세상 그 어떤 사건도 우리를 향한 하나님의 복된 뜻의 실현을 가로막지는 못한다. 이것이 사도 바울이 간증하는 로마서 8장의 전체 스토리이다. 하나님의 뜻은 항상 우리에게 유익하고 복이 된다.

유명한 과학자요 하나님의 사람인 John Newton 은 이런 질문을 하였다.

"하나님께서 여러분에게 단 하나만 선택할 수 있는 권한을 주신다면 여러분은 이 단 하나의 기회로 무엇을 선택하시겠습니까?"

그는 스스로 이렇게 대답하였다.

예수님의 벤처기도

"만약 하나님께서 나에게 단 하나의 선택의 권한을 주신다면 나는 그 하나의 선택을 하나님께 맡기어 주님의 뜻이 내 인생을 통하여 이루어지기를 기도하겠습니다."

우리는 기도할 때마다 이런 차원 높은 간구를 할 수 있기를 바란다.

"하나님의 뜻이라면 저는 무엇이든지 즐겁게 따르겠습니다!"

다윗은 그의 80년 인생을 오직 하나님의 뜻대로 사는 것을 즐거워하였다. 그는 늘 이런 기도를 하였다.

"주는 나의 하나님이시니 나를 가르쳐 주의 뜻을 행케 하소서"(시 143:10)

어떤 성인의 수준 높은 신앙관을 소개하고자 한다.

"세상에서 가장 큰 것이 있는데 그것은 하나님의

뜻이다. 그 뜻 안에서는 아무것도 작은 것이 없고, 그 뜻 밖에서는 아무것도 큰 것이 없다."

예수님은 이런 신앙고백을 들려 주셨다.
"나의 양식은, 나를 보내신 분의 뜻을 행하고, 그분의 일을 이루는 것이다."(요 4:34)

이제 우리는 기도할 때마다 이런 성숙한 마음가짐의 고백이 필요하다.
"주님의 뜻을 발견하는 것을 도와주소서!
주님의 뜻을 이해하는 것을 도와주소서!
주님의 뜻에 순종하는 것을 도와주소서!
주님의 뜻대로 행하는 것을 도와주소서!"

그리고 우리는 날마다 이렇게 기도해야 한다.
"하늘에 계신 우리 아버지여 뜻이 하늘에서 이룬 것같이 땅에서도 이루어지이다"

매일의 행복을 위한 기도

"그러므로 너희는
이렇게 기도하라
하늘에 계신 우리 아버지여
이름이 거룩히 여김을 받으시오며
나라이 임하옵시며
뜻이 하늘에서 이룬 것같이
땅에서도 이루어지이다
오늘날 우리에게 일용할
양식을 주옵시고…"
(마태복음 6:9-11)

육신의 몸을 입으신 예수님은 음식에 관한 말씀을 많이 하셨고, 사람들과 함께 음식을 잡수시므로 서로 간의 거리감 없는 융화와 정겨운 사랑의 공동체를 가르치셨다. 사실 예수님께서 펼치신 운동은 하나님의 선하심을 맛보이기 위한 '식탁 혁명'이었다.

유태인들이 지금까지 부정하다고 규정했던 모든 음식의 제한 선을 넘으셨고, 또 전통적으로 부정하다고 규정된 사람들 곧 사마리아인, 여자들, 세리, 혼혈족, 소수 민족, 죄인들조차 한 형제와 자매로 사귀셨다. 특히 예수님은 식탁의 교제를 즐기셨다.

예수님은 종종 나쁜 사람들과 좋은 음식을 잡수셨다. 바리새인들은 Fast(금식)를 강조한 반면, 예수님은 Feast(잔치)를 강조하셨다. 바리새인들은 고행을 강조하고, 예수님은 행복을 강조하셨다.

신약성경에는 예수님께서 사람들을 먹이시는 장면이 많이 소개되고 있다. 5천 명을 먹이시고, 4천

예수님의 벤처 기도

명을 먹이시고, 갈릴리 가나의 결혼 잔치 집을 도와 주시고, 안식일 날 밀밭 사이를 걸어가시다가 제자들과 밀알을 훑어 먹으시고, 나사로의 집에 자주 가셔서 마리아와 마르다가 해주는 밥을 드시고, 삭개오의 집에서 대연을 베푸시고, 십자가 수난을 앞두고도 최후의 만찬을 나누시고, 부활하자마자 갈릴리 해변에서 제자들과 조찬을 나누시고, 엠마오 도상의 제자들과 함께 식사를 하셨다.

이처럼 예수님께서는 해변에서의 조찬, 기념 오찬, 야외 식사, 결혼 잔치, 성대한 만찬이나 축제적인 대연회, 제자들과의 은밀한 식사 등 식탁의 교제를 많이 나누셨다.

특히 예수님께서 소외된 자들에게 복음을 전할 때에는 식탁 교제를 필수적인 과정으로 여기셨다. 한 마디로 예수님의 양육은 먹이시는 목회였다. 이처럼 예수님께서는 사람이 먹고사는 삶의 현실을 간과하

지 않으시고 우리의 실생활을 위한 기도를 가르쳐
주셨다.

"오늘날 우리에게 일용할 양식을 주옵소서"

William Temple은 "기독교는 모든 종교 중에서 가
장 물질적인 종교"라고 해석하였다. 이방 종교나 세
속 종교들은 대부분 형이상학적이고 추상적이며 현
실 도피와 이원론적이다. 그러나 기독교는 영원한 내
세와 함께 현실적인 축복의 균형과 조화를 병행한다.

기독교가 말하는 구원은 단순히 영혼만의 구원이
아니라 몸과 영혼의 전인구원이다. 그래서 지금까지
다룬 주님께서 가르쳐 주신 기도의 전반부는 "주님"
을 중심으로 하는 기도였지만, 이제부터 후반부는
"우리"를 위한 기도이다. 이제는 기도의 본질이 하
늘에서 땅으로 전환된다. 즉, 땅의 행복을 위한 기도
이다.

특별히 여기에서 "양식"이라는 개념은 필요한 모

든 것을 함축하고 있다. 사람이 살아가는데 필요한 의식주를 포함한 건강, 직장, 돈, 시간, 물질적인 모든 것들을 기도하라는 것이다.

하나님 아버지는 우리 몸을 친히 돌보신다는 신학을 가르쳐 주고 계신다. 하나님 아버지는 사랑의 목자로서 우리 몸을 자상하게 돌보아 주신다.

"주는 나를 기르시는 목자요 나는 주님의 귀한 어린 양, 푸른 풀밭 맑은 시냇물가로 나를 늘 인도하여주신다. 주는 나의 좋은 목자, 나는 그의 어린양 철을 따라 꼴을 먹여주시니, 내게 부족함 전혀 없어라." (찬 453장)

1. 하나님 아버지께서는 우리가 필요로 하는 것을 기꺼이 제공해 주신다.

주기도문의 앞부분에서는 하나님 아버지를 "보호자(Protector)"로 확신시켜 주고, 후반부에서는 하나님 아버지를 "공급자(Provider)"로 확신시켜 주신다. 이미 8절에서도 이점을 분명하게 각인시켜 주고 있다.

"하나님 너희 아버지께서는 너희가 구하기 전에 너희에게 필요한 것이 무엇인지를 알고 계신다."

그래서 "주신다"는 단어를 아주 강하게 부각시키고 있다.

하나님은 우리에게 사치품은 안 주시지만, 필수품은 반드시 주신다. 특히 앞에서의 기도대로 우리가 하나님의 뜻대로만 살면 우리에게 필요한 모든 것을 기꺼이 주신다. 그래서 예수님은 33절에 가서 이렇게 가슴 뿌듯한 결론을 내려 주셨다.

"너희는 하나님의 나라와 그의 의를 구하여라. 그리하면 이 모든 것을 너희에게 더하여 주실 것이다."

그러므로 우리는 언제나 필요지향적인 기도를 해

야 한다. 건강, 돈, 직장, 진급, 사업, 주택 문제, 결혼, 자녀 출생, 진학, 친구… 생활에 필요한 모든 것을 위해서도 기도해야 한다. 하나님 아버지께서는 기도하는 자에게 가장 좋은 것을 주신다.

Amplified Bible에서는 마태복음 7장 7절이 아주 실감나게 번역되어 있다.

"계속해서 구하라 그러면 너희에게 주실 것이요, 계속해서 찾으라 그러면 찾을 것이요, 계속해서 두드려라 그러면 너희에게 열릴 것이다."

그리고는 11절에 가서 이런 놀라운 축복을 보장해 주셨다.

"하물며 하늘에 계신 너희 아버지께서 구하는 자에게 좋은 것으로 주시지 않겠느냐"

하나님은 좋은 것을 주시는 참 좋으신 아버지이시다. 필자는 이 부분을 다루면서 특히 아버지들에게 부탁하고 싶은 것이 있다. 아이들은 자기 아버지에게 영향을 받은 대로 하나님에 대한 이미지가 형성된다. 가정에서 보면 어머니는 주로 살림 때문에 아이들에게 인색하게 굴 때가 많다. 그런데 아버지까지 덩달아 아이에게 인색하게 되면 쫀쫀한 아빠가 될 수밖에 없다. 아버지는 어머니와는 달리 큰 손이 되어야 한다.

부디 쫀쫀한 아빠가 되지 말고, 풍성한 아버지가 되기를 바란다. 그러면 자녀들이 성장한 후에 하나님을 크고 좋으신 아버지로 믿게 될 것이다. 하나님은 항상 최상품을 주시는 아버지이시다.

사도 바울은 그의 선교 현장에서 모든 필요한 것을 넉넉하게 공급해 주시는 하나님을 실감나게 체험하였다. 그래서 이런 절대적 확신을 심어 주었다.

"나의 하나님이 그리스도 예수 안에서 영광 가운데 그 풍성한 대로 너희 모든 쓸 것을 채우시리라" (빌 4:19)

우리는 날마다 필요한 모든 것을 구체적으로 끈기
있게 기도해야 한다. 그럴 때 하나님 아버지께서는
반드시 채워주실 것이다.

2. 매일같이 하나님을 의존하고 살아가라.

어느 날 종교 개혁자 M. Luther가 식사를 하기
위해 빵을 한 조각 집어 들었다. 그때 집에서 기르던
강아지가 루터를 물끄러미 쳐다보는 게 아닌가. 빵
에 잼을 바를 때에도 모른 체 하고 빵을 입안으로 넣
고 있는데도 계속 쳐다보기만 하는 것이었다. 이때
루터가 식사를 멈추고 이렇게 기도했다고 한다.

"하나님, 지금 저 강아지가 항상 저를 바라보는 것
처럼 저 역시 항상 하나님만 바라볼 수 있게 해 주옵
소서!"

여기에 나오는 "오늘날"이란 말은 Epiousios라는

말인데 "날마다, 그날그날"을 말하며, 누가복음 11장 3절에서는 "날마다"로 되어 있다. 우리는 날마다, 매일같이 염려나 걱정 대신 오직 기도로 살아가는 삶이 되어야 한다.

예수님께서는 마태복음 6장 전반부에서는 기도의 원리를 가르쳐 주신 후에, 후반부에서는 실제적인 이야기로 풀어서 설명해 주셨다. 즉, 예수님은 우리에게 일상생활 속에서 염려(anxiety) 대신에 기도(asking)로 살아가라고 호소하신 것이다.

예수님은 "염려하지 말라"고 세 번이나 거듭 당부하셨다(25, 28, 31절). 우리가 하루에 밥을 세 끼 먹는다면 우리는 하루 세 번씩 하나님을 의존하는 기도를 드릴 수가 있다. 매 순간마다 하나님만을 의지하며 살아가라는 원리적인 말씀이다.

옛날 중국에 편작이라는 유명한 의사가 있었다. 편작에게는 위로 형님이 두 분 있었는데 둘 다 의사

예수님의 벤처 기도

였다. 세 형제 중에서 막내인 편작이 가장 유명했는데 한 번은 그 나라 왕이 편작을 불러 이렇게 말했다.

"내가 듣기에 그대들은 세 형제가 다 의사라고 하는데 셋 중에 누구의 실력이 제일 나은가?"

편작이 대답했다.

"큰 형님이 가장 뛰어나고, 그 다음이 작은 형님입니다. 제가 제일 못합니다."

"그런데 왜 그대의 형들은 그대만큼 유명하지 못한가?"

"제 큰 형님은 워낙 실력이 뛰어납니다. 그래서 병이 제대로 자라기도 전에 그 병을 알아내고 치료합니다. 작은 형님은 큰 형님만은 못해도 병이 위중해지기 전에 치료합니다. 그런데 저는 병이 충분히 위중해져야 비로소 그 병이 무슨 병인지를 알고 그때서야 치료합니다. 그러니 제가 제일 못합니다. 그런데 사람들은 미리 치료한 사람이 더 실력 있는 줄은

예수님의 벤처기도

모르고 꼭 목숨이 경각에 달려 있을 즈음에야 치료를 한 저를 가리켜서 실력이 있다고 합니다."

우리가 하나님을 의지하는 것도 그런 것이 아닐까. 우리에게 큰일이 닥쳤을 때에야 하나님을 찾고 부르짖을 것이 아니라 일상사에서 하나님을 느껴야 한다. 매 순간마다 하나님만을 바라보며 의지하고 살아가는 자에게 행복이 임할 것이다.

우리가 매일같이 하나님을 의존하는 만큼 행복한 나날이 계속 된다는 사실을 잊지 말자.

"염려 다 맡기라, 주가 돌보시니, 주는 평화 우리의 평화"

3. 기도하는 사람은 날마다 자족하며 살아간다.

기독교는 고행주의를 표방하지 않으며 하루 하루

를 즐겁게 살아가는 행복을 가르친다. 매일같이 일
용할 양식으로 자족하며 살아가는 빈 마음의 여유와
행복을 가르친다. 그 날 필요한 일용할 양식이면 충
분하다는 것이다.

　오늘 이 말씀의 배경은 출애굽기 16장을 토대로
하고 있다. 이스라엘 백성이 출애굽하여 광야를 통
과할 때, 하나님께서는 매일같이 아침저녁으로 만나
와 메추라기를 내려 주신 것을 기억하는가. 아침에
도 집밖으로 나가기만 하면 싸리눈 같은 만나가 소
복하게 싸여있고, 저녁에도 밖에 나가기만 하면 메
추라기 떼가 머리위로 날아다녀 그냥 잡아 오기만
하면 되는…. 그런데 하나님은 이스라엘 백성들에게
참 간단한 조건을 하나 제시하셨다. 매일같이 하루
분씩만 거둬들이고 더 이상은 욕심을 부리지 말라고
하셨다.
　그러나 인간은 탐욕의 존재인지라, 어떤 사람들은

97
예수님의 벤처 기도

지나치게 많이 거둬들였다. 그랬더니 남겨 둔 것에서는 벌레가 생기고, 악취가 풍기고, 다 녹아 없어져 버렸다(20-21절).

예수님은 우리에게 행복하게 사는 기도의 원리를 제시하셨다. 한 번에 하루를 사는 행복의 비결을 가르쳐 주고 계신다. 매일의 은총과 축복에 자족하며 살아가는 삶을 가르쳐 주고 계신다.

여기서 한 번 쯤 진지하게 집고 넘어가야 할 것이 있다. 우리나라에서 버리는 음식물 쓰레기 값이 연간 14조원이라고 한다. 엄청난 손실이 자행되고 있다. 우리 여성들이 냉장고만 조금씩 거듭나게 해도 굉장한 국익을 가져올 수 있다. 미국 Drew 대학의 신학부 학장인 Leonard Sweet 박사는 이렇게 지적하였다.

"우리의 화장실은 우리의 배설량에 대해서 '빈틈

없이' 알고 있듯이, 냉장고는 우리의 섭취량에 대해서 '정확하게' 알고 있다."

요즘 우리는 모든 것이 풍족하여 너무나 많은 음식물을 섭취하고 있지는 않은가. 중국 사람들은 네 발 달린 것 중에서는 밥상만 안 먹고 다 잡아먹으며, 날아다니는 것 중에서는 비행기만 안 먹고 다 잡아먹는다고 하는 말이 있는데, 우리나라도 음식 문화가 매우 발달된 나라 중 하나이다. 포이에르바하는 "음식의 종류를 보면 그 사람이 누구인지를 알 수 있다."라고 말하였다.

최근 전 세계적으로 육식 덜하기 운동을 펼치고 있는데, 한 마리의 소에서 나오는 고기의 양은 열 사람에게 잠시 동안의 영양을 공급할 수 있다고 한다. 그러나 한 마리의 살찐 소를 기르기 위해 소비되는 곡물은 100명에게 공급할 수 있는 양이라고 하니 육식에 대한 경각심을 갖게 한다.

만일 미국의 소 떼에게 10일 간의 곡식을 먹이지 않는다면 전 세계의 굶주리는 사람들의 생명을 살릴 수 있는 충분한 곡물을 저축할 수 있다는 미국 농무성의 통계보고도 나와 있다.

그래서 UNICEP에서는 이렇게까지 말하고 있다.

"우리가 고기를 먹기 위해 사육하는 동물들에게 들어가는 곡물은 전 세계 굶주리는 사람들의 식량이다."

사람은 몸무게가 자신의 표준 체중보다 약 450그램씩 늘어날 때마다 평균 한 달 정도 일찍 죽는다는 보고도 있다. 우리는 음식 때문에 위협받을 뿐만 아니라 음식을 숭배하는 시대에 살고 있다.

보통 서양 사람 한 명은 그의 평생 동안에 20마리의 암소와 400마리의 닭과 12마리의 돼지와 30마리의 양을 먹는다고 한다. 참 대단한 양이다. 지방이

많은 식사는 결장암과 심장병 발병에 가장 큰 주범이 된다고 한다.

Joan Franks라는 사람은 이렇게 경고하였다.

"모든 사십대는 들어라. 사실 그대에 대한 보증서는 이미 3년 전에 사라져버렸다. 그대 몸의 몇 군데는 이미 교환할 수 없게 되었다. 당신 몸은 시간당 대략 350원의 감가상각비를 내고 있는 것이다."

이런 재미있는 이야기가 있다.

한 여인이 죽어서 천국에 갔다. 천국은 그녀가 상상했던 것보다 훨씬 더 아름다웠다. 그녀는 남편에게 하루라도 빨리 천국을 보여주고 싶었다. 일년 뒤 드디어 그녀는 천국에서 남편을 만나게 되었고, 남편과 함께 천국일주 여행을 했다. 너무나 아름다운 천국여행을 다녀온 남편이 자기 아내에게 이렇게 투덜거리며 푸념했다.

"내가 세상에 있을 때 당신이 해준 잡곡밥만 먹지

않았어도 적어도 천국에 5년은 빨리 올 수 있었을 텐데…."

이야기가 조금 다른 방향으로 흐른 것 같다. 여기서 필자는 결코 무슨 채식주의 건강법이나, 지나친 금욕주의 신앙을 가르치고자 하는 것이 아니다. 예수님께서 가르쳐 주신 행복의 원리를 생각해보자는 것이 본질이다. 그것은 곧 하루 하루를 자족하며 살라는 것이다. 허황된 욕심이나 불필요한 탐욕을 버리고 한 번에 하루를 사는 행복의 비결을 배워야 한다.

오늘 우리는 하루 하루를 자족하며 사는 행복을 위해 기도해야 한다. 빈 마음의 기도이다.

사도 바울은 이런 행복한 자기 간증을 들려 주었다.

"자족할 줄 아는 사람에게는, 경건은 큰 이득을 줍니다. 우리는 아무것도 세상에 가지고 오지 않았으니, 아무것도 가지고 떠나갈 수 없습니다. 우리는 먹을 것과 입을 것이 있으면, 그것으로 만족(자족)해야 합니다."(딤전 6:6-8)

닛사의 그레고리는 이런 충고를 하였다.

"꼭 필요한 것들 외에는 관심을 가지지 마십시오."

만일 그렇지 않으면 우리 마음은 탐욕으로 가득 차게 되고, 우리의 삶은 그릇된 길로 나아가게 되고 말 것이다. 이웃보다 더 많은 것을 가지기 위해 욕심을 부리고 사치와 허영을 꾀하고자 할 때 우리는 비참하게 된다.

"우리의 욕심 때문에 누군가가 울게 되고, 우리의 이웃이 슬픔에 빠지게 된다. 우리의 식탁에 진수성찬을 올려놓기 위해 다른 사람의 눈에 눈물이 흐르게 해서는 안된다."

우리는 날마다 나에게 적합하게 베풀어 주시는 하

나님의 은총에 감사하며 자족하는 삶을 살아야 한다. 이것이 행복이다. 히브리서 13장 5절에서는 이런 놀라운 축복을 약속하고 있다.

"돈을 사랑하는 것에 얽매어 살지 말고, 지금 가지고 있는 것으로 만족하십시오. 주님께서는 친히 '내가 너를 떠나지도 않고, 버리지도 않겠다' 하고 말씀하셨습니다."

하루 하루의 행복을 위해 빈 마음으로 기도하는 성숙한 그리스도인이 되자.

예수님의 벤처 기도

용서받은 자의 용서

"우리가 우리에게
죄 지은 자를 사하여 준 것같이
우리 죄를 사하여 주옵시고 …
너희가 사람의 과실을 용서하면
너희 천부께서도
너희 과실을 용서하시려니와
너희가 사람의 과실을
용서하지 아니하면
너희 아버지께서도
너희 과실을 용서하지
아니하시리라"
(마태복음 6:12, 14-15)

인류의 역사는 '분쟁의 역사'라고 할 만큼 분쟁의 연속이었다. 그 원인 중 하나를 꼽는다면 용서가 없기 때문이 아닐까. '이에는 이, 눈에는 눈'이라는 철저한 보복과 앙갚음이 재연되는 한 그 어떤 평화도 이루어질 수 없다.

그리스, 로마 신화를 읽어보면 거기에 등장하는 신들의 공통점은 용서가 없는 존재들이라는 것이다. 그래서 천상에 있는 신들임에도 계속 전쟁만 한다. 보복과 복수만 계속될 뿐이다. 용서가 없는 곳에는 오직 다툼과 분쟁과 상처뿐이다.

성경에 나타난 하나님은 용서와 사랑의 주님이시다. 천국은 완전한 사람들이 가는 곳이 아니라 예수 그리스도의 십자가의 보혈로 용서받은 사람들이 가는 곳이다. 기독교는 용서의 신학을 본질로 하고 있다.

이것이 예수님의 십자가 기도이다. "아버지여 저희를 사하여 주옵소서"(눅 23:34)

영국에 유명한 웰링턴 제독이 한 번은 상습적인 탈영병 부하에게 사형 선고를 내리기 직전에 이렇게 말했다.

"나는 너를 교육도 시켜보았다. 나는 너와 상담도 해보았다. 나는 너를 처벌도 해보았다. 나는 채찍을 들어 너를 때려도 보았다. 그리고 노동도 시켜보았다. 나는 너에게 굉장히 심각한 벌도 주어 보았다. 그런데도 너는 돌이키지 않았고, 새로워지지도 않았다. 별 수 없이 너는 죽어야 한다."

이 때 지혜로운 부하 한 사람이 웰링턴 제독에게 나와서 이렇게 말했다.

"각하! 각하께서는 이 사람에게 아직 한 가지 시도하지 않은 것이 있습니다."

제독은 무엇이냐고 물었다.

"각하는 이 사람을 용서해 보신 적이 없습니다."

제독은 이 지혜로운 부하의 충고를 받아들여 그 사병을 무조건 용서해 주었다. 그 후 이 사람은 놀랍게 변했다. 그는 다시는 탈영하지 않았고 충성스런 부하가 되었다. 용서가 가져온 삶의 변화였다.

오늘 우리에게는 용서의 은총이 필요하다. 우리가 자녀들을 키우는 과정에서도 마찬가지이다. 이따금 부모들도 이런 볼멘소리를 내뱉는다. 내가 너를 학원도 보내주고, 과외도 시켜주고, 수없이 경고도 하고, 타이르기도 하고, 꾸중이나 책망도 하고, 매질도 해보았지만 왜 그처럼 개선의 여지가 없느냐? 그러나 따뜻한 가슴으로 품어주고 용서해주는 관대한 사랑이 필요한 것이다.

독일의 훌륭한 신학자 F. B. Meyer는 오늘 이 본문을 가장 아름답게 해석하였다.

"우리는 날마다 일용할 양식이 필요하듯이 날마다 하나님의 용서가 필요한 자들입니다."

원문도 이렇게 연결되어 있다.

"오늘날 우리에게 일용할 양식을 주옵소서. 그리고(And) 우리의 죄를 용서해 주옵소서."

즉, 우리에게 일용할 양식을 Give(주옵시고), 그리고 우리 죄를 Forgive(용서)해 주옵소서.

Alexander Maclaren은 이렇게 설명해 주고 있다.

"하나님은 우리가 빵이 필요하도록 만드셨듯이 우리는 스스로 용서가 필요하도록 만드셨다."

우리는 이 세상을 살아가기 위해서는 매일매일 필요한 것들을 공급받아야 하듯이, 마찬가지로 우리가 주님의 나라에 들어가기 위해서는 매 순간 용서의 은총을 받아야 한다.

예수님의 벤처 기도

주님께서 가르쳐 주신 기도 중 여섯 번째 원리는 단순히 내가 용서받기 위한 기도가 아니다. 그보다는 먼저 내 가슴에 아픔이나 상처를 준 사람을 용서하는 기도부터 드리라는 것이다. 내가 용서받기 전에 먼저 용서하는 기도를 드리라는 메시지이다. 용서하는 기도가 곧 용서받는 기도이다.

이 기도의 본질은 '용서의 서약 기도'이다.

"주님, 내 평생, 날마다, 매일같이 용서하는 삶이 가능케 하옵소서!"

1. 자신이 용서받은 죄인임을 인식하며 살자.

나는 종종 이런 질문을 던진다. "당신은 용서해보 았는가?"라는 질문 대신 "당신은 용서받아 보았는 가?" 용서받은 감격과 기쁨이 있는 사람은 누구든지, 무엇이든지 용서하며 살 수가 있다.

'내가 용서해야지' 이렇게 도덕론적으로만 생각

하기보다는 '내가 얼마나 큰 용서의 은총을 받은 자인가' 를 먼저 회상하면 그의 인격수준이 달라진다.

미국의 강철왕 Andrew Carnegie는 주위에 자기보다 훨씬 탁월한 인재들을 수없이 많이 두었던 사람으로 유명하다. 그가 이처럼 도량이 큰 사람이 될 수 있었던 비결은 '용서의 마음' 이었다.

20대 초반 그는 회사의 공금을 가방에 넣어 전달하는 일을 맡게 되었는데, 한 번은 엄청난 거금이 든 가방을 가지고 기차를 탔다가 열차 난간에 앉아 꾸벅꾸벅 졸고 말았다.

문득 정신을 차려 깨어보니 가방이 없어진 것이다. 아뿔사! 졸다가 그만 차창 밖으로 가방을 떨어뜨린 것이 분명했다. 온몸이 얼어붙는 것 같은 충격…. 그러나 그는 기관사에게로 뛰어가 사정을 설명하고 열차를 후진시켜 달라고 간청했다.

요즘 같으면 턱도 없는 일이지만, 그 당시만 해도

사람들의 마음이 순박하던 때라 카네기를 딱하게 여긴 기관사는 몇 킬로미터 정도 열차를 후진시켜 주었다.

눈이 튀어나올 정도로 밖을 주시하고 있던 카네기의 눈에 문득 개울가에 떨어져 있는 낯익은 가방이 들어왔다. 카네기는 비명에 가까운 환호성을 지르며 열차에서 뛰어내려 그 가방을 되찾을 수 있었다. 그 아찔했던 기억을 발단으로 해서 카네기는 평생 실천에 옮길 중요한 결심을 했다고 한다.

"나는 젊은 사람이 아주 결정적인 큰 실수를 해도 그가 사기성을 가지고 일부러 한 일이 아닌 이상 용서하고 품어주자. 사람이 살다보면 아무리 성실하게 노력해도 돌연히 당하는 일이 일어나는 법인데 그것 때문에 평생의 꿈이 좌절되는 불이익을 주어서는 안 된다."

우리는 얼마나 큰 용서를 받은 자인가?

예수님의 벤처 기도

나 같은 죄인을 살리기 위해서 죄 없으신 하나님의 아들 예수님께서 십자가에 못 박혀 죽으셨다. 우리는 하늘과 땅보다 더 크고, 높고, 깊은 사랑을 받은 자들이다(엡 3:18-19).

사람은 자신이 용서받은 만큼만 용서할 수가 있다. 우리는 예수 그리스도의 십자가의 사랑으로 용서받았으니 그 십자가의 능력으로 용서할 수 있는 것이다.

당신은 과연 용서받은 감격이 있는가? 그렇다면 당신은 용서할 수 있다.

예수님께서는 우리가 얼마나 큰 사죄의 은총으로 용서받은 자인가를 비유로 설명하셨다(마 18:21-35). 일만 달란트의 빚을 진 종에 관한 비유이다. 일만 달란트는 6천만 데나리온으로 노동자의 6천만 날 품삯에 해당된다. 즉, 16만 4383년 동안 벌어야 되는 거액의 부채를 안고 있었다. 그런데 그 엄청난 부채를 다 면제받은 것이다. 종신형과 사형에서 특별사면을 받은 것이다.

즉, 우리는 허물과 죄로 죽은 자인데 십자가의 보혈로 다시 살리심을 받았다(엡 2:1).

당신은 과연 이런 사죄은총의 감격이 있는가? 그렇다면 당신도 용서할 수 있다.

2. 용서만이 내가 사는 길이다.

내가 아는 어떤 형제는 마흔도 안 되어 고혈압으로 쓰러졌다. 그 형제는 평소에 화를 잘 내는 성격이 있었다.

건강의학에서는 이렇게 말하고 있다.

"당신이 화를 낼 때 입을 꼭 다물고 화를 내면 혈압이 올라갑니다. 피가 위로 몰립니다. 그래서 고혈압이 됩니다. 그러므로 화를 낼 경우에는 치아가 보이도록 하십시오."

영어에 "Anger brings cancer."란 아주 간단하면서도 의미있는 표현으로 "분노의 감정이 암을 유발시킨다"는 것이다.

혹시 당신에게 어떤 상처와 쓴 뿌리 때문에 분노의 감정이나 원한의 감정이 당신의 행복을 공격하고 있지는 않는가? 특히 우리가 어떤 분노나 원한의 감정을 느낄 때 하지 말아야 할 사항들이 있다.

첫째로, 우리는 원한의 감정을 반드시 툭 털어놓는 식으로 표현해야 된다고 생각지 말아야 한다. '나는 언젠가 단 한 번이라도 내 남편에게 마음의 응어리를 홀홀 털어놓고 말거야!' 이런 생각이 과연 효과가 있을까요?

둘째로, 우리는 원한의 감정을 다 억눌러서 드러나지 않게 숨겨버리지 말아야 한다. 어떤 상처는 숨

길수록 쓴 뿌리가 더 깊어진다. 종기 위에 반창고를 붙여서는 결코 치료 될 수가 없다.

셋째로, 우리는 원한의 감정을 누군가에게 터트려 버림으로써 그것을 극복하려고 해서도 안된다. 직장에서의 기분 나쁜 일을 가지고 집에 돌아와 식구들에게 풀어서도 안 된다.

넷째로, 우리는 원한의 감정을 키움으로써 그것을 처리하려고 해서도 안된다. 많은 사람들이 십 년, 이십 년, 긴 세월 동안 한을 품고 살아간다. 그래서 속병을 앓고 있는 사람들이 얼마나 많은가.

성경에서 말하는 용서는 "추방하다, 멀리 떠나 보낸다, 벗어 던진다"는 것을 의미한다. 구약 시대에 있어서 속죄일에는 사람들의 죄를 아사셀(Azazel) 염소 머리 위에 전가시킨 후 그 염소를 멀리 광야로 보내어 다시는 돌아오지 못하게 하였다(레 16:8).

이것이 예수 그리스도의 용서의 본질이다(롬 3:24-26). 아픔이나 상처, 분노의 감정, 쓴 뿌리, 배신감, 울화 등 여러 가지 나쁜 감정들을 멀리 추방하는 것이다.

긴 겨울이 지나고 새봄이 되면 몸을 둔하게 했던 겨울옷들을 벗고 가벼운 봄옷을 입어야 하듯이, 모든 나쁜 감정들과 한 맺힌 쓴 뿌리들을 제거해야 한다. 필자가 즐겨 사용하는 용서의 신학 3F 표어가 있다.

"Forgive, Forget, and Forever(용서하고, 잊어 버리라. 그리고 영원히)"

용서만이 내가 사는 길이다. 예수님은 이렇게 강조하셨다.

"너희가 남의 잘못을 용서해주면, 너희의 하늘 아버지께서도 너희를 용서해 주실 것이다. 그러나 너희가 남을 용서해 주지 않으면, 너희 아버지께서도 너희의 잘못을 용서해 주지 않으실 것이다."(마 6:14-15)

"용서는 잃는 것은 하나도 없고, 모든 것을 얻을 뿐이다."

용서만이 자기 자신을 살리는 길이다.

유명한 화가 레오나르드 다빈치의 '최후의 만찬'은 너무도 잘 알려진 작품이다. 예수님의 얼굴을 위시하여 열두 제자들의 얼굴이 그려져 있는데, 그 그림에는 재미있는 일화가 전해지고 있다. 레오나르드 다빈치가 베드로부터 시작하여 열두 제자의 얼굴을 하나 씩 그려 나가다가 가룟 유다를 그릴 때에는 자기를 일생동안 괴롭힌 원수 같은 친구가 생각났던 것이다. 그 친구만 생각하면 마귀 같은 느낌이 들어 가룟 유다의 얼굴은 그 친구를 모델로 그렸다고 한다.

이제 마지막으로 예수님의 얼굴을 그려야 하겠는데 좀처럼 영상이 떠오르지 않았다. 몇 달을 두고 고심해도 예수님의 얼굴은 그릴 수가 없었다. 그러던 중 한 수도사를 만나서 자기 고민을 털어놓았다. 그 수도사는 대번에 "자네를 괴롭히는 그 친구를 용서하지 않고는 예수님의 얼굴을 그릴 수가 없을 걸세." 하며 충고해 주었다.

그는 곧 무릎을 꿇고 하나님께 회개하며 그 친구를 위해 기도하고 마음으로 진정한 용서를 하였다. 그 후에 마음의 눈이 열려 예수님의 얼굴을 그릴 수 있었다고 한다.

용서만이 내가 사는 길이다. 사도 바울도 이렇게 간곡히 호소한다.

"서로 친절히 하며, 불쌍히 여기며, 하나님께서 그리스도 안에서 여러분을 용서하신 것같이 서로 용서

하십시오." (엡 4:32. 골 3:13)

　당신은 용서하는 삶, 그리고 용서받는 삶을 살아
가고 싶지 않는가?
　우리에게는 매일 일용할 양식이 필요하듯이, 매일
같이 용서받고 용서하는 사랑의 삶을 살고 싶지 않
는가?

승리생활을 위한 기도

"우리를 시험에 들게 하지 마옵시고
다만 악에서 구하옵소서
(나라와 권세와 영광이 아버지께
영원히 있사옵나이다 아멘)"
(마태복음 6:13)

"자기가 시험을 받아 고난을 당하셨은즉
시험받는 자들을 능히 도우시느니라"
(히브리서 2:18)

우리는 가끔 '페인트 칠 조심' 이라고 쓰여진 안내판을 보는 경우가 있다. 참 묘한 것은 사람들이 그냥 지나치지 않는다는 공통점이다. 우리의 본성은 마르지 않은 페인트에 손을 대보고 싶은 유혹을 느낀다.

또 어떤 곳에 '위험' 이라는 표지판이 세워져 있으면 괜스레 고개를 쑥 내밀어 그 위험한 곳을 들여다보거나 접근해보고자 하는 본능적 위험성을 가지고 있다. 사람에게는 그만큼 본질적으로 죄를 지을 가능성이 있다는 증표이다.

예수님께서 간음하다 현장에서 잡힌 여인에게 이렇게 당부하셨다. "나도 너를 정죄하지 않으니, 가서 다시는 죄를 짓지 말라."

죄의 유혹에 대하여 승리하는 삶을 살라는 적극적인 메시지이다.

앞의 여섯째 마당에서는 '죄 용서의 은총' 이 날마다 필요하다는 사실을 살펴보았다. 우리에게 날마다

일용할 양식이 필요하듯이 날마다 사죄의 은총이 필요하다. 그런데 여기에서 한 걸음 더 나아가 우리는 보다 더 근본적으로 날마다 죄를 이기는 삶이 요구된다. 더 이상 똑같은 죄를 반복하지 않는 영적 승리의 삶이 필요한 것이다. 예수님은 이렇게 기도하라고 가르쳐 주셨다.

"우리를 시험에 들게 하지 마옵시고 다만 악에서 구하옵소서"

이것은 단순히 머리의 기도(head prayer)가 아닌 마음의 기도(heart prayer)이다. 이 기도는 "우리가 죄에 도달하거나 죄에 손대게 할 목적으로 시험의 영향에 들지 말게 하옵소서."라는 의미이다.

여기서 "시험"이라는 용어는 건설적인 의미의 연단이나 시련을 뜻하지 않고, 파괴적인 의미에서의 유혹이나 죄의 덫을 말한다. 즉 마귀의 유혹, 사탄의 올가미, 죄의 덫을 말한다. 우리를 타락시키고, 넘어

뜨리며, 행복을 파괴하는 죄의 올가미를 의미한다.

영어로 표현해 본다면 이렇게 간단하게 말할 수 있다. "God tests us, Satan tempts us." 독일의 신학자 F. B. Meyer는 참 간단하면서도 깊이 있는 해석을 하였다.

"하나님은 우리를 오르게 하기 위해 시험(test)하시지만, 사탄은 우리를 내려가게 하기 위해 시험 (tempt)한다. 하나님의 시험은 건설적인 (constructive) 것이고, 사탄의 유혹은 파괴적인 (destructive) 것이다."

그러므로 하나님 아버지께서는 자신의 자녀들이 날마다 마귀의 시험과 유혹에서 이겨내며 승리하기를 원하신다.

우리가 죄에 대해 시험을 받을 때, 우리는 인생에서 가장 큰 시험을 치르고 있다고 생각해야만 한다. 이 시험은 대학의 어떤 기말고사보다 더 크고, 법학

도들의 어떤 고시보다 더 크며, 전문가들의 그 어떤 자격시험보다 더 크다. 이 시험은 우리의 행복과 불행, 생과 사의 기로를 결정하기 때문이다. 그러므로 우리는 이 세상에 살면서 수많은 유혹을 받지만, 그러나 유혹에 빠지지 않아야 한다.

예수님께서는 결코 만만치 않은 세상을 살아가는 우리에게 이런 겸허한 기도를 드리라고 당부하셨다.

"우리를 시험(유혹)에 굴복하지(무너지지) 않게 하옵소서!(Don't let us yield to temptation!)"

시험은 또한 어떤 외부적인 환경에 있다기보다는 자기 내면에서부터 시작된다. "사람이 시험을 당하는 것은 각각 자기의 욕심에 이끌려서 꾐에 빠지기 때문입니다."(약 1:14)

자기 속에 은닉하고 있는 욕심이 유혹의 주원인이 될 경우가 많이 있다. 요한일서 2장 16절은 이렇게 규정한다.

"이는 세상에 있는 모든 것이 육신의 정욕과 안목의 정욕과 이생의 자랑이니 다 아버지께로 좇아 온 것이 아니요 세상으로 좇아 온 것이라"

첫째는, 육신의 정욕이다. 사람들은 대부분 생활문제 때문에 시험을 받는다. 목구멍이 포도청이라 세상의 염려와 재리의 유혹 때문에 신앙이 자라지 못하는 부작용이 있다(마 13:22).

둘째는, 안목의 정욕이다. 일시적인 쾌락에 눈길이 끌려 유혹을 당하는 것을 말한다. 롯은 소돔성의 불야성 문화에 현혹되어 타락의 도시 한복판으로 끌려 들어가게 되었다.

셋째는, 이생의 자랑, 명예욕이다. 특히 자존심이 강한 사람일수록 허황된 프라이버시와 인기관리 때문에 중심이 무너지는 경우들이 많이 있다. 알량한 자존심 때문에 시험을 당한다. 즉 먹고사는 문제, 그리고 크리스천다운 안목이 흐려지는 시험거리들, 또 다른 사람보다 좀더 억세고 강렬한 자존심과 교만의

식이 우리를 근본적으로 시험을 받게 할 수도 있다.

시험은 모든 인간에게 보편적으로 다가오는데 중요한 세 가지를 늘 기억해야 한다.

첫째로, 시험은 누구에게나(whoever) 따라온다는 것을 기억하라. 예수를 믿는 신자, 초신자, 젊은이, 노인, 부자나 가난한 자, 건강한 자, 약한 자, 신앙의 경력이 많은 자, 목회자도 결코 예외가 아니다.

둘째로, 시험은 언제나(whenever) 따라온다는 것을 기억하라. 예수님께서 40일 동안 금식기도를 할 때나 금식기도를 마친 후에도 여전히 시험받았다는 사실을 간과해서는 안된다. 변화산의 영광 중에서뿐만 아니라 겟세마네의 철야기도 중에도, 더 나아가서는 십자가 위에서 최후의 승리를 이루는 마지막 순간까지도 사탄은 고삐를 늦추지 않고 계속 내적 고뇌와 의문을 품게 하였다.

셋째로, 시험은 어디에나(wherever) 따라다닌다

는 사실을 기억하라. 세상, 가정, 회사, 일터, 심지어 교회 안에서, 예배 드리는 자리에까지도 따라다닌다.

시험은 언제, 어디서나, 누구에게든지 침투해 들어온다. 그리고 사탄이 시험할 때는 그 대상이 누구든 상관하지 않는다. 그러므로 우리는 삶의 현장에서 날마다 승리하는 삶을 살아가기 위해 기도해야 한다.

예수님은 우리가 승리하는 삶을 살아가기 위해서는 반드시 사탄의 세력을 물리쳐 주시는 은총이 필요함을 주지시켜 주셨다.

"다만 악에서 구하옵소서!"

우리는 누구나 솔직하게 인정해야 하는 한 가지 사실이 있다. 인간은 사탄의 시험과 공격 앞에서는 무기력하다. 그래서 우리는 더욱 하나님의 도우심을

구해야 한다. 사탄은 시험하는 자이다. 사악한 파괴자이다(벧전 5:8). 지치지 않는 유혹자이다(눅 4:13). 교묘한 유혹자이다(고후 2:11). 공중의 권세 잡은 자이다(엡 6:12). 그러므로 우리에게는 날마다 하나님의 능력을 의지하는 기도가 필요하다.

예수님께서 가르쳐 주신 승리생활을 위한 기도의 전략이 우리의 삶에 효과적으로 작용한다. 우선 소극적인 단계로는 "우리를 시험에 굴복하지 않게 하옵소서."라고 기도하라는 것이고, 보다 더 적극적인 단계로는 "우리를 사탄의 세력에서 구원하여 주옵소서."라고 기도하라는 것이다.

보다 더 구체적인 예를 들어보자. 우리는 "내 생활에서 모든 거미줄을 없애 주시옵소서."라고 기도하는 것으로 멈추지 말고, "주님, 나를 괴롭히는 거미를 없애 주시옵소서."라고 보다 더 근원적인 기도를 하는 것이다.

당신은 때때로 '거미'를 무시하면서 다만 '거미줄'에만 집착하는 경향이 있지는 않은가? 내가 살아가는 환경에 있는 시험과 유혹거리보다는 내 마음속에 침투하여 도사리고 있는 마귀를 먼저 몰아내야만 한다.

우리는 어떤 시험거리가 생길 때마다 먼저 기도로 사탄을 몰아낼 수 있는 능력을 키워야 한다. 예수님은 그 이상적 표본을 보여 주셨다. "사단아 내 뒤로 물러가라 너는 나를 넘어지게 하는 자로다"(마 16:23)

우리가 살고 있는 이 시대는 결코 학교에서 가는 소풍과 같지 않고 노도광풍이 일어나는 갈릴리 바다와 같은 험난한 현장이다. 날마다 인간관계 속에서의 수많은 상처와 아픔의 시험들이 있다. 평생을 몸바쳐 헌신적으로 일한 회사로부터 따돌림을 받는 배신감으로 원한 감정이 생길 수도 있다. 때로는 사업

현장에서 불가피한 현실에 집착하다보면 검은 유혹의 손길이 뻗쳐올 수 있다.

사탄은 교묘한 존재이기 때문에 온갖 방법을 다 동원하여 우리를 시험에 빠지게 한다. 그러므로 우리는 그 어떤 시험과 사탄의 계략으로부터 승리하기 위해서 예수님께서 가르쳐 주신 전략적인 기도를 더욱 힘써야 한다.

1. 영적인 경각심을 갖고 기도하자.

사탄은 교묘한 존재이기에 "우는 사자같이 삼킬 자를 두루 찾아다닌다."(벧전 5:8)

특별히 사탄이 우리를 현혹하는 시험의 본질은 우리의 하위본성을 충동질하는 것이다. 분명히 잘못인 줄 알면서도 저급한 욕망에 끌려 죄를 짓게 만든다. 그래서 사탄이 시험할 때는 그 대상이 누구이든 상관하지 않는다. 무엇보다도 사탄은 언제나 그 사람

의 약한 면을 공격한다. 인격적이고 영적인 아킬레스건을 건드린다.

그리스 신화에 나오는 신화적 영웅 아킬레스는 트로이 전쟁(Trojan War)에서 모든 몸체를 강물 속에 감추었으나 그의 한쪽 발꿈치를 밖으로 내놓는 바람에 적들이 그의 발꿈치를 집중 공격하여 치명적인 상처를 입게 되었다. 결국 아킬레스는 힘없이 패배하고 말았다.

사탄은 우리의 가장 약한 부분을 공격한다. 그러므로 우리는 더욱 정신을 차리고 깨어서 기도해야 한다. "근신하라 깨어라 너희 대적 마귀가 우는 사자같이 두루 다니며 삼킬 자를 찾나니"(벧전 5:8)

베드로가 이 점을 강조하는 이유는 일찍이 예수님께서 매우 진지하게 "시험에 들지 않게 깨어 있어 기도하라"(마 26:41)고 당부하셨는데도 방심하다

가 시험에 넘어지는 뼈저린 아픔이 있었기 때문이다.

우리는 사탄에게 속지 않도록 영적으로 경각심을 갖고 깨어있는 삶을 살아야 한다(고후 2:11). 특히 마귀에게 어떤 틈이나 허점을 주어서는 안된다(엡 4:27). 마귀의 교묘한 유혹이 있을 때는 '거룩한 반항(divine no)'을 할 줄 아는 영적 각성이 필요하다.

마귀에게 틈을 주지 않기 위해서는 단호하게 '거룩한 거절'을 할 수 있어야 한다. 그러기 위해서는 영이 깨어 있어야 가능하다.

2. 믿음에 굳게 서서 마귀를 대적하자.

일반적으로 쉽게 시험에 드는 사람들의 공통점은 믿음 위에 굳게 서 있지 않기 때문이다. 복싱 선수가 경기하다가 스텝이 풀리면 상대 선수에게 강타를 당하여 쉽게 넘어지는 것을 우리는 보지 않았는가. 그러므로 우리는 어떤 시련이나 역경 중에서도 믿음 위에 굳게 서 있어야 한다.

베드로가 자기 이름 그대로 반석같은 믿음 위에 서 있지 않았을 때, 그는 마귀의 밥이 되고 말았다. 그래서 그는 자신의 뼈아픈 실패의 경험을 토대로 이렇게 간곡히 외치고 있다.

"믿음에 굳게 서서, 악마를 대적하십시오."(벧전 5:9)

우리는 어떤 상처와 아픔과 뜻하지 않은 시험거리 앞에서도 결코 흔들려서는 안된다. 믿음에 굳게 서야 하고 오히려 나를 시험하여 넘어지게 하려는 마귀를 향하여 담대히 대적해야 한다.

"사단아 내 뒤로 물러가라 너는 나를 넘어지게 하는 자로다"(마 16:23)

당신을 유혹하는 어떤 회유책이 오거나 달콤한 의견을 제안하는 손을 내밀더라도 우리는 여전히 믿음에 굳게 서야 한다. 야고보는 이렇게 충고한다.

"그러므로 하나님께 복종하고 악마를 물리치십시오. 그러면 악마는 달아날 것입니다."(약 4:7)

우리는 매일 사탄의 시험 앞에서 굳건한 믿음으로 승리하는 삶을 살아야 한다. 그 어떤 어려움과 악천후 속에서도 강한 믿음을 소유하여 승리자로 살아가기를 바란다.

"…믿음이 이기네, 믿음이 이기네, 주 예수를 믿음이 온 세상 이기네…"(찬 397장)

"세상을 이긴 이김은 이것이니 우리의 믿음이니라"(요일 5:4)

3. 성령 충만함으로 완전 무장을 하자.

크리스천의 신앙생활은 한 마디로 죄와 사탄과의
영적 싸움이다. 이것이 사도 바울의 영성신학이다
(엡 6:10-17). 우리는 하나님이 주시는 무기로 완
전히 무장을 해야 사탄과의 영적 전투에서 이길 수
있다.

전투에서 승리에 결정적인 역할을 하는 것은 무기
이다. 미국이 아프가니스탄을 섬멸할 수 있었던 원
동력은 첨단 무기를 사용하였기 때문이다. 우리나라
가 일본에게 나라를 빼앗긴 것도 적군을 이길만한
무기가 없었기 때문이었다.

얼마 전에 우리나라 수방사의 자존심에 큰 손실을
입혔던 사건이 있었다. 정체를 알 수 없는 괴한들이
부대를 습격하여 초병들의 총기를 빼앗아 간 것이
다. 수방사의 철벽이 무너진 것이다. 근본 원인은 군

인들이 빈총만 들고 초소를 지키고 있었다는데 있다. 그들은 적과 싸워 이길 수 있는 무장을 하지 않고 있었다. 총알 없는 총은 무용지물이며 무장하지 않은 군인은 힘없는 민간인과 다름이 없다.

우리가 저 악한 영인 사탄과의 영적 전투에서 이기는 비결은 오직 성령 충만함으로 무장하는 것이다.

시험 없는 사람은 아무도 없다. 마귀는 하루하루 갖가지 유혹과 시험으로 우리의 행복을 와해시키려고 한다. 그러나 우리가 성령 충만함으로 완전무장을 하면 마귀가 쏘는 불화살도 막아 꺾어버리는 대승을 거둘 수 있음을 성경은 보장해 주고 있다(엡 6:16).

예수님은 우리로 하여금 마귀가 조작하는 시험에 굴복하지 않도록 기도하라고 가르쳐 주셨다. 그리고

더 나아가서 마귀와의 싸움에서 넉넉히 이기는 승리자가 될 수 있는 비결을 가르쳐 주셨다.

예수님은 성령 충만함으로 그 교묘한 사탄과의 대결에서 멋지게 이기셨다.

그렇다면 오늘 우리도 사탄의 시험을 거뜬히 이기게 될 줄로 믿는다. 특히 우리가 마귀의 시험을 이기면 얼마나 강한 영권을 가진 자가 되는지….

"예수께서 성령의 권능으로 갈릴리에 돌아가시니 그 소문이 사방에 퍼졌고"(눅 4:14) 예수님께서 사탄을 이기시니, 그는 "성령의 권능"을 입고 놀라운 일들을 행사하시게 되었다.

이런 성령의 권능을 힘입는 크리스천이 되어야 한다. 우리는 21세기 초과학의 시대에 살고 있다. 이런 시대를 살아가는 우리들에게 더욱 더 필요한 것은 영권 회복이다. 우리 모두가 성령의 권능으로 새 시대를 살아가는 거대한 승리자들이 되어야 하겠다.

목적지향적 기도를 드리자

"그러므로 너희는 이렇게 기도하라
하늘에 계신 우리 아버지여
이름이 거룩히 여김을 받으시오며
나라이 임하옵시며
뜻이 하늘에서 이룬 것같이
땅에서도 이루어지이다
오늘날 우리에게 일용할 양식을 주옵시고
우리가 우리에게 죄 지은 자를
사하여 준 것같이 우리 죄를 사하여
주옵시고 우리를 시험에 들게 하지 마옵시고
다만 악에서 구하옵소서
(나라와 권세와 영광이
아버지께 영원히 있사옵나이다 아멘)"
(마태복음 6:9-13)

마무리는 참으로 중요하다. 어떤 제품이 만들어질 때, 과정도 매우 중요하지만 무엇보다도 마무리가 중요하다. 재단사는 시아기를 잘해야 고급 옷을 만들 수 있으며, 목수나 미장 기술자는 마무리를 잘해야 훌륭한 건물을 완공할 수 있다. 특히 우리나라의 상황에서 여성 운전자들이 자동차를 주차할 때 마무리를 잘 해야 베스트 드라이버가 될 수 있다.

기도 역시 마무리를 잘 해야 한다. 이것이 예수님께서 가르쳐 주신 기도의 탁월성이다. 기도의 목적이 분명한 것이다. 바리새인들의 기도는 뚜렷한 목적이 없었기 때문에 그 내용 자체가 중언부언이었다.

어느 날 예수님께서 두 사람의 기도 스토리를 들려 주셨다. 한 사람은 바리새인이었고, 다른 한 사람은 세리였다. 바리새인은 아무런 목적이 없이 기도하였기에 무응답으로 돌아갔고, 세리는 분명한 목적

예수님의 벤처 기도

을 가지고 기도했기 때문에 큰 응답을 받고 기쁨으로 돌아갔던 것이다.

예수님은 우리 모두에게 목적이 분명한 기도원리를 가장 이상적 모델로 가르쳐 주셨다. 예수님께서는 제자들이 기도의 얕은 물가를 벗어나 과감하게 깊은 곳으로 나아가기를 원하셨다.

예수님은 기도를 가르쳐 달라고 졸라대는 제자들에게 기도의 깊은 바다 속으로 인도하는 한줄기 광선 같은 기도의 표본을 제시해 주신 것이다. 즉, 바닷가는 표면이 아주 지저분하고 요란하며 시끄러워도 그 밑 깊은 곳은 평온하고 조용하듯이 예수님의 기도는 하나님과 깊은 교제 속으로 안내해 준다. 이것이 주기도문의 탁월한 매력이다.

우리가 첫째 마당에서 감격적으로 살펴보았듯이 하나님을 아버지라고 부르면서 기도하라는 혁명적인 가르침은 인류 역사상 처음이다. 이러한 새로운 이미지 갱신으로 기도를 시작하게 하신 예수님께서는 주기도문의 결론 부분에 와서 더욱 뚜렷한 기도 응답의 비결을 보장해 주셨다. 그것은 곧 목적이 뚜렷한 기도는 반드시 응답을 받는다는 절대 확신의 약속이다.

목적이 불분명한 추상적인 기도일수록 맥 빠진 중언부언을 하게 된다. 그러나 목적이 확실한 기도는 기도를 시작할 때보다 마친 후에 더욱 더 분명한 확신을 가지게 한다.

고대 그리스 시대에 극형에 해당하는 죄수들에게 내리는 형벌이 있었다. 그것은 두 개의 물통을 놓고 물을 번갈아 옮겨 담게 하는 것이었다. 인간에게 있어서 무의미하고 희망 없는 일을 계속해야 하는 고통은 무엇과도 비교될 수 없는 비참한 불행이다.

인간으로서 매일의 삶 속에서 '무엇을 위해', '무엇 때문에'라고 하는 목적과 의미를 추구하는 일은

예수님의 벤처 기도

참으로 중요하다. 오늘날도 수많은 현대인들이 목적 없이 살아가기 때문에 삶의 역동성이 없다. 유행가 가사의 "오늘도 가련다마는 정처 없는 이 발길…"처럼 방황하는 현대인들이 얼마나 많은가.

어느 추운 날, 달팽이가 사과나무를 기어오르고 있었다. 그가 느린 속도로 조금씩 위를 향해 올라가고 있을 때, 나무껍질 틈새에서 벌레 한 마리가 튀어나오더니 달팽이에게 이렇게 말했다.

"너는 쓸데없이 힘을 낭비하는구나. 저 위에는 사과가 하나도 없어."

그런데도 달팽이는 계속 기어오르면서 이렇게 말했다.

"내가 저 꼭대기에 도달할 때쯤이면 사과가 열릴 거야!" 비록 하찮은 달팽이이지만 목적을 품고 살아간다는 교훈을 우리에게 주고 있다.

당신의 기도생활에 어떤 역동성이나 파워가 없다면, 혹시 기도의 목표를 상실했기 때문은 아닐까? 자기 나름대로 열심히 기도를 해오다가 언젠가부터 맥없이 포기한 상태에 빠진 이유를 추적해 보면 기도의 목적을 놓쳤기 때문이다. 그래서 예수님께서는 주기도문의 결론 부분을 이렇게 전개해 나가셨다.

"왜냐하면 : For = Gar"이라는 접속사로 이어진다. 여기에서 "대개"라는 말은 조금 애매하게 느껴진다. 그러나 이 표현의 이면에는 강력한 의미가 부여되어 있다. 즉, 우리가 뚜렷한 목적을 품고 기도하면 하늘에 계신 하나님 아버지께서 놀라운 은혜와 큰 위력으로 반드시 응답해 주신다는 보장의 접속사이다.

때때로 우리의 기도가 무기력한 이유는 자기 나름대로 기도는 하는데 그저 응답이 되어도 좋고 안 되어도 좋다는 식의 요행심리에 멈추기 때문이다. 초점이 분명한 기도, 곧 필사 기도는 반드시 응답을 받는다.

"하나님께서 유의하시는 것은 얼마나 기도를 많이 하느냐 하는 기도의 산수(算數)가 아닙니다. 그렇다고 얼마나 기도가 웅변적이냐 하는 기도의 수사(修辭)도 아니며, 기도가 얼마나 긴가 하는 기도의 기하(幾何)도 아닙니다. 우리의 목소리가 얼마나 아름다우냐 하는 기도의 음악(音樂)도 아니며, 얼마나 논증적인가 하는 기도의 논리(論理)도 아닙니다. 또 기도가 얼마나 순서와 규모에 맞느냐 하는 기도의 방법이나, 교리가 얼마나 옳은 것이냐 하는 기도의 신학(神學)도 아닙니다. 다만 기도하는 간절한 마음이 필요합니다. 목적성취를 위한 강청의 기도가 필요합니다."

나의 주기도문 강해의 결론은 이렇다.

"Purpose Driven Prayer(목적지향적인 기도) = 응답받는 기도"

1. 하나님 아버지여, 다스려 주옵소서!

이미 앞부분에서 자세하게 생각해 보았듯이 예수님의 사역 핵심은 "하나님의 나라"이다. 하나님의 나라로 시작하여(begin), 하나님의 나라로 끝이 난다(end). 주기도문의 결론도 동일한 구조적 특성을 보여준다.

여기에서 "하나님의 나라(Basileia)"라는 개념은 완전한 다스림과 통치를 뜻한다. 그러므로 기도의 대전제는 내 뜻을 관철시키고, 어떻게 해서라도 나의 소원성취를 이루어내는 것이 아니라 내 생각과 마음을 하나님이 다스려 주시는 은혜의 경지로 올라서라는 것이다.

우리는 대부분 기도를 시작할 때쯤이면 내 생각, 내 계획, 내 의향, 내 감정, 내 소원으로 시작하지만 기도를 마칠 때쯤이면 하나님의 마음, 하나님의 심정, 하나님의 가슴, 하나님의 뜻, 곧 하나님의 다스

리심을 받는 수준으로 달라지는 것을 경험할 것이
다.

당신도 기도의 출발이 오직 하나님의 다스리심과
통치를 받고자 하는 초점과 목표를 분명히 할 수 있
기를 바란다. 이것이 곧 응답받는 기도의 원천이다.
곧 하나님 아버지께서 우리가 필요로 하는 것, 필요
로 할 때, 그리고 우리가 필요로 하는 방식 이상으로
응답해 주실 것이라는 절대적 확신과 신뢰를 갖는
것이다.

사도 바울은 이런 놀라운 은혜를 생생하게 체험하
였다. "우리의 온갖 구하는 것이나 생각하는 것에
더 넘치도록 능히 하실이에게"(엡 3:20) 그야말로
하나님이 왕이실 때, 내 인생은 황금시대를 맞이하
는 것이다. 제대로 기도하는 사람은 삶의 질
(quality)이 다르다.

당신은 기도할 때 오직 하나님의 다스리심을 먼저 받고자 하는 뚜렷한 목적을 품으라. "그리하면 우리의 일상생활에 필요한 모든 것을 더하여 주실 것이다."(마 6:33)

2. 하나님 아버지여, 능력을 주옵소서!

여기 "권세"라는 단어는 "능력(power / dunamis)"을 말한다. 하나님의 본성 중 하나는 능력이다. 하나님은 전능하신 분이시다. 권능의 주님이시다. 그 어떤 불가능도 가능케 하시는 만군의 여호와이시다. 그러므로 기도하는 자에게는 힘과 능력을 주신다. 우리로 하여금 날마다 승리하며 살 수 있는 영적인 힘 곧 영권을 주신다.

어떤 신학자는 사람을 세 종류로 구분하고 있다.
첫째는, 사탄의 힘을 빌어 사는 사람이다. 지금 한

국교회의 목사의 수가 약 7만 명 정도로 추산하고 있다. 그런데 놀라운 것은 공식적으로 등록된 무당의 숫자는 20만 명이나 된다고 한다. 수많은 사람들이 마귀에게 정복당하여 살고 있다.

둘째는, 자신의 힘을 빌어 사는 사람이다. 명예나 세상 권력을 배경으로 살아가는 사람들이다.

셋째는, 하나님을 힘입어 사는 사람들이다. 우리 모두 하나님의 능력을 공급받아 살아가는 자가 되어야 한다. 21세기는 그 어느 때보다 강력한 영권이 필요한 시대이다.

우리가 때로는 힘없이, 지친 상태에서, 무기력하게 기도를 시작할 수 있다. 삶의 의욕도 없고, 기운이 없어 소리조차 내지 못하고 무기력하게 하는 기도…. 그러나 이런 기도를 하다보면 내 몸 속에 하늘의 능력과 성령의 기운이 들어옴을 느낄 수 있다. 그래서 우리는 기도할 때마다 하나님께서 힘을 주시도록 간구해야 한다. 어떤 능력을 간구해야 하는가.

1) 마귀를 발아래 굴복시킬 수 있는 능력이다.

주님은 우리에게 마귀를 누를 수 있는 권세를 주시는 분이시다(눅 10:19).

2) 지쳐 있는 사람을 소생시켜 주는 능력이다.

주님은 삶의 의욕과 기운을 잃은 사람에게 샘솟듯이 솟아나는 새 기운과 활력을 불어넣어 주신다(사 40:29).

3) 불가능에 도전하는 역동적인 능력이다.

사도 바울은 인간적인 측면에서는 약점이 너무나 많았다. 그러나 그는 무엇이든지 할 수 있었던 초인적인 인생을 살았다. 그의 기도가 그를 강자로 만들어 주었다(빌 4:13).

옛날 아르메니아가 공산국가인 러시아에게 정복

당하자, 독실한 크리스천이었던 네리 먼이라는 남작이 감옥에 갇히게 되었다. 그러나 그는 전혀 슬퍼하거나 낙심하지 않고 감옥 안에 있는 죄수들에게 전도를 하였다. 이를 본 간수가 그를 조롱하였다.

"여보시오. 당신이 믿고있는 예수는 너무 무력해서 당신을 감옥에서 구해내지도 못하지 않소?"

네리 먼 남작은 이렇게 멋진 대답으로 응수하였다.

"내가 감옥에 갇힌 것은 오히려 예수 그리스도의 권능을 증명하는 계기가 되고 있소이다. 내가 만일 그대더러 이 교도소에 들어와서 전도할 수 있게 해달라고 요청했다면 들어 주었겠소?"

"물론 안 되지요?"

"그러니까 당신은 예수 그리스도의 권능을 깨달아야 합니다. 주님께서 나를 여기 갇힌 자들에게도 복음을 전하도록 데려오신 것이오. 그리고 당신들은 내가 전도할 수 있도록 숙식을 제공하고 있는 셈이

예수님의 벤처기도

오."

이것이 곧 하나님께서 주시는 다이나믹한 힘이다.

4) 성공할 수 있는 능력이다.

하나님은 이스라엘 백성들에게 광야에서도 재물을 얻을 수 있는 능력을 주셨으므로 부강한 민족이 될 수 있었다. "네 하나님 여호와를 기억하라 그가 네게 재물 얻을 능을 주셨음이라 이같이 하심은 네 열조에게 맹세하신 언약을 오늘과 같이 이루려 하심이니라"(신 8:18)

성경에 등장하는 믿음의 영웅들은 하나같이 하나님의 능력으로 성공한 사람들이다. 모세, 다윗, 다니엘…. 그 밖에 수많은 믿음의 영웅들을 보라.

중국 내륙선교의 신기원을 이룬 Hudson Taylor는 오직 믿음의 기도로만 성공을 하였다. 그는 사무실에 '여호와 이레', '에벤에셀'이라는 두 표어를 걸어놓고 오직 믿음의 기도를 통하여 35만 파운드

(70억 원) 이상의 선교비를 얻어 중국 내륙선교의 새 시대를 열었던 것이다.

오늘도 하나님은 큰 능력으로 우리를 다스려 주시고 도와 주신다. 우리는 자기 힘으로 살아가는 연약한 자가 아니라 하나님의 능력을 힘입어 살아가는 강자가 될 수 있는 축복을 이미 받았다. "내게 능력 주시는 자 안에서 내가 모든 것을 할 수 있느니라" (빌 4:13)

기도가 당신을 승리자와 강자로 부상시켜 준다.

3. 하나님 아버지여, 영광을 받으옵소서!

당신이 기도하는 궁극적인 목표가 무엇인가? 소원성취, 입신양명, 진급하고, 부자가 되고, 재산을 증식시키는 것이 전부인가? 우리의 신앙생활과 기도의 최종 목표는 오직 하나님께 영광을 돌리는 삶

을 사는 것이다.

"영광은 인간에게는 적용될 수 없고 오직 하나님께만 적용될 수 있는 단어이다."

"영광"이라는 말이 히브리어로는 "뿌리"라는 말인데, 무겁다는 뜻이다. 즉, 주님께 영광 돌린다는 말은 하나님께 무거운 비중을 둔다는 뜻이다. 내 삶의 모든 비중을 오직 하나님께만 실어드리는 것이 곧 하나님께 영광을 돌려 드리는 삶이다.

예수님께서는 하나님 아버지께 호소하는 기도로 시작하고, 하나님 아버지께 영광을 돌리는 기도로 마치라고 가르쳐 주셨다. 예수님은 자신 스스로 오직 하나님의 영광만을 위하여 전 생애를 사셨다.

"나는 아버지께서 내게 하라고 맡기신 일을 완성하여, 땅에서 아버지께 영광을 돌렸습니다." (요 17:4)

당신은 혹시 인생의 여정에서 뜻밖의 어려움에 당

예수님의 벤처 기도

면하고 있지는 않는가? 경제적 어려움이나 실직, 질
병, 자녀들의 탈선이나 말썽…. 그 어떤 숙제를 안고
있지는 않는가?

예수님의 대답에 귀를 기울이라. 기도에 용기가
생길 것이다.

"그 병(문제, 사건)은 죽을병이 아니다. 오히려 하
나님의 영광을 드러낼 병이다. 이 일로 말미암아 하
나님의 아들이 영광을 받게 될 것이다."(요 11:4)

우리의 유일한 관심사는 하나님의 영광에 있다.
사도 바울처럼 "하나님께 영광 돌리는데 합당한 삶
을 살아야 합니다."(살전 2:12)

성경에서는 여러 가지 방법을 구체적으로 가르쳐
주고 있다.

① 입술로 하나님께 영광 돌리는 것(엡 2:11)

② 착한 행실로 하나님께 영광 돌리는 것(마
5:16)

③ 몸으로(거룩한 생활) 하나님께 영광 돌리는 것 (고전 6:20)

④ 하나님의 뜻을 깨달음으로 영광 돌리는 것(행 11:18, 21:20)

⑤ 약속의 말씀에 아멘 함으로 하나님께 영광 돌리는 것(고후 1:20)

⑥ 감사함으로 하나님께 영광 돌리는 것(고후 4:15)

⑦ 열매를 많이 맺음으로 하나님께 영광 돌리는 것(요 15:8, 빌 1:11)

기도하는 사람은 초지일관하게 살아갈 수 있다. 일평생 전천후 인생을 살아갈 수 있다. 그래서 주기도문은 이렇게 멋진 결론을 내리고 있다.

"나라와 권세와 영광이 '영원히' 아버지의 것이옵나이다. 아멘."

여기서 우리는 두 단어를 놓치지 말고 잘 캐치

(catch)해야 한다. "영원히"와 "아멘"이다. 목적지 향적으로 기도하는 사람은 일평생 지치지 않는다. 초지일관하게 꿋꿋이 살아간다.

사도 바울은 이렇게 간곡히 호소하였다.

"하나님의 모든 약속은 그리스도 안에서 '예'가 됩니다. 그러므로 그리스도로 말미암아 우리는 '아 멘' 하면서 하나님께 영광을 돌리는 것입니다."(고후 1:20)

우리가 분명하게 목적지향적인 기도를 드린다면 하나님께서는 큰 능력으로 도우시고 우리같이 연약 한 자를 통해서도 큰 영광을 받으실 것이다. 독자들 의 신앙생활에 새로운 기도 업그레이드가 이루어지 기를 바란다.

하늘에 계신 우리 아버지께서 그분의 웅대한 계획 과 복된 섭리를 따라 날마다 최상의 은혜로 도우시

예수님의 벤처 기도

고 승리하는 삶이 가능하도록 도와주셔서 하나님께
영광돌리는 고급한 삶이 되도록 축복하실 줄 믿는
다.

"주기도문은…
이야기하는 것이고,
듣는 것이고,
열어 올리는 것이고,
사랑하는 것이고,
명상하는 것이고,
구하는 것이고,
찬미하는 것이고,
생각하는 것이고,
변하는 것이고,
기다리는 것이고,
고백하는 것이고,
경배하는 것이고,

찬양하는 것이고,

기뻐하는 것이고,

하나님을…"